新编版

入选课本作家优秀作品丛书

吴伯箫

Wuboxiao

优秀作品选

Youxiu Zuopinxuan

吴伯箫 / 著

《吴伯箫优秀作品选》编辑组 / 编

华东师范大学出版社
上海

图书在版编目（ＣＩＰ）数据

　　吴伯箫优秀作品选 / 吴伯箫著；《吴伯箫优秀作品
选》编辑组编. -- 上海：华东师范大学出版社，2021
　　ISBN 978-7-5760-1460-0

　　Ⅰ.①吴… Ⅱ.①吴… ②吴… Ⅲ.①散文集－中国
－当代 Ⅳ.①I267

　　中国版本图书馆 CIP 数据核字(2021)第 042823 号

　　(本书文字作品由中国文字著作权协会授权，电话：010-65978905，
传真：010-65978926，E-mail:wenzhuxie@126.com。)

吴伯箫优秀作品选

著 / 吴伯箫
编 /《吴伯箫优秀作品选》编辑组
责任编辑 / 吴余
审读编辑 / 左萦梦
责任校对 / 吴余

出版发行 / 华东师范大学出版社
社址 / 上海市中山北路 3663 号　　　邮编 / 200062
网址 / www.ecnupress.com.cn
电话 / 021-60821666　　行政传真 / 021-62572105
客服电话 / 021-62865537
门市(邮购)电话 / 021-62869887
地址 / 上海市中山北路 3663 号华东师范大学校内先锋路口
网店 / http://hdsdcbs.tmall.com

印刷者 / 武汉兆旭印务有限公司
开本 / 880 × 1230　32 开
印张 / 5
字数 / 104 千字
版次 / 2021 年 4 月第 1 版
印次 / 2021 年 4 月第 1 次
书号 / ISBN 978-7-5760-1460-0
定价 / 16.00 元

出版人 / 王焰

(如发现本版图书有印订质量问题,请寄回本社客服中心调换或电话 021-62865537 联系)

阅读准备

·作家生平·

吴伯箫（1906—1982），原名吴熙成，山东莱芜人，散文家、教育家。1925年考入北京师范大学。1935年回山东任教，后与老舍、王统照、洪深、臧克家、王亚平等创办《避暑录话》。吴伯箫在北京师范大学读书时就开始文学创作，他的作品以散文为主，具有独特的艺术风格。《羽书》的出版，是吴伯箫散文特色形成的标志。吴伯箫的散文有对艰苦奋斗的革命传统和作风的宣传，也有对社会主义革命和建设的歌颂，总体有着相当高的艺术水平。代表作品有《羽书》《难老泉》《菜园小记》《记一辆纺车》《我还没有见过长城》等。

·创作背景·

吴伯箫作品选材来自生活小事，但在他的笔下，平凡小事却展现出别样精彩，平淡的叙述下隐藏着诗一样的语言情感。比如《山屋》描写了山中无名小屋的四季，呈现了不同季节的不同的感受；《响堂铺》描写了抗日战争时期战场的残酷，给人以场面的真实感；《记一辆纺车》从"农村用的手摇纺车"引申出"与困难斗争，其乐无穷"的延安精神……

·作品速览·

　　本书收录了吴伯箫众多经典散文，通过"灯笼""记乱离""记一辆纺车""雷雨里诞生"四个模块进行展示，记叙了作者从工作初期对文学创作的热情到延安时期的磨炼洗礼以及新中国成立之后对社会主义的热爱，展现了不同时期的艺术风格。作者的文字一直以真挚的情感和朴实动人的文笔著称，他的这一特色在他的行文之中多有体现，其中的代表作品为《马》《歌声》《神头岭》等。

·文学特色·

　　吴伯箫的作品都是真实经历之后的情感沉淀，体裁以散文为主，取材都是生活中最为平常的事情，但是跳出了死板枯燥的平铺直叙。语言朴素自然，没有华丽的辞藻，读起来美从心来，描写生动活泼又不失浓郁的情感，结构上严整平妥，不失散文的严谨。吴伯箫的文章受战争影响的痕迹十分明显，和战争相关的事物也成了他的大多数文章的主题。

目 录

灯笼

第一编

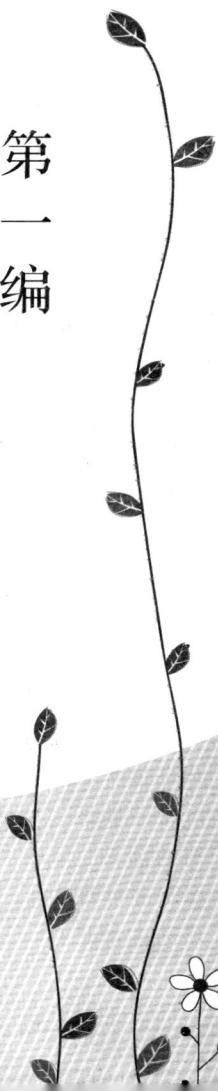

灯　笼

📖 **名师导读...**

　　说起灯笼，大家脑海中会浮现什么样的画面呢？是童年的玩具还是元宵节亮起的一排排花灯？灯笼是我国一种传统的工艺品，也是喜庆的象征。那吴伯箫笔下的灯笼到底有什么寓意呢？让我们走进文章细细品味。

【直接抒情】
　　开头直接写出小孩子对亮光、火、灯的喜爱，充满童年的乐趣，引起读者兴趣。

【排比】
　　提起灯笼，作者脑海中就浮现出很多记忆深刻的画面，体现出作者对灯笼非比寻常的情感。

　　虽不像扑灯蛾，爱光明而至焚身，小孩子喜欢火，喜欢亮光，却仿佛是天性。放在暗屋子里就哭的宝儿，点亮了灯哭声就止住了。岁梢寒夜，玩火玩灯，除夕燃滴滴金，放焰火，是孩子群里少有例外的事。尽管大人们怕火火烛烛的危险，要说"玩火黑夜溺炕"那种迹近恐吓的话，但偷偷还要在神龛里点起烛来。

　　连活活的太阳算着，一切亮光之中，我爱皎洁的月华，如沸的繁星，同一支夜晚来挑着照路的灯笼。提起灯笼，就会想起三家村的犬吠，村中老头呵狗的声音；就会想起庞大的晃荡着的影子，夜行人咕咕噜噜的私语；想起祖父雪白的胡须，同洪亮大方的谈吐；坡野里想起跳跳的磷火，村边社戏台下想起闹嚷嚷的观众，花生篮，冰糖葫芦；台上的小丑，花脸，《司马懿探山》。真的，灯笼的缘结得太多了，记忆的网里挤着的就都是。

记得，做着公正乡绅的祖父，晚年每每被邀去五里遥的城里说事，一去一整天。回家总是很晚的。凑巧若是没有月亮的夜，长工李五和我便须应差去接。伴着我们的除了李老五的叙家常，便是一把腰刀、一具灯笼。那时自己对人情世故还不懂，好听点说，心还像素丝样纯洁，什么争讼吃官司，是不在自己意识领域的。祖父好，在路上轻易不提斡旋着的情事，倒是一路数着牵牛织女星谈些进京赶考的掌故——雪夜驰马，荒郊店宿，每每令人忘路之远近。村犬遥遥向灯笼吠了，认得了是主人，近前来却又大摇其尾巴。到家常是二更时分。不是夜饭吃完，灯笼还在院子里亮着吗？那种熙熙然庭院的静穆，是一辈子思慕着的。

"路上黑，打了灯笼去吧。"

自从远离乡井，为了生活在外面孤单地挣扎之后，像这样慈母口中吩咐的话也很久听不到了。每每想起小时候在村里上灯学，要挑了灯笼走去挑了灯笼走回的事，便深深感到怅惘。母亲给留着的消夜食品便都是在亲手接过了灯笼去后递给自己的。为自己特别预备的那支小的纱灯，样子也还清清楚楚记在心里。虽然人已经是站在

【正面描写】

祖父晚归，"我"和长工李老五去接，只带着腰刀和灯笼，说明灯笼的重要性。

【抒情】

承接上文去接祖父的路上听他讲进京赶考的故事，抒发对童年生活和对祖父的怀念。

【抒情】

"我"递给母亲灯笼，母亲递给我消夜食品，灯笼见证了母亲对"我"的爱。

青春尾梢上的人，母亲的头发也全白了。

乡俗还愿，唱戏、挂神袍而外，常在村头高挑一挂红灯。仿佛灯柱上还照例有些松柏枝叶做点缀。挂红灯，自然同盛伏舍茶、腊八施粥一样，有着行好的意思；松柏枝叶的点缀，用意却不甚了然。真是，若有孤行客，黑夜摸路，正自四面虚惊的时候，忽然发现星天下红灯高照，总会以去村不远而默默高兴起来的吧。

唐明皇在东宫结绘彩为高五十尺的灯楼，遍悬珠玉金银而风至锵然的那种盛事太古远了，恨无缘观赏。金吾不禁的那元宵节张灯结彩，却曾于太平丰年在几处山城小县里凑过热闹：跟了一条龙灯在人海里跑半夜，不觉疲乏是什么，还要去看庆丰酒店的跑马灯，猜源亨油坊出的灯谜。家来睡，不是还将一挂小灯悬在床头吗？梦都随了蜡火开花。

想起来，族姊远嫁，大送大迎，曾听过彻夜的鼓吹，看满街的灯火；轿前轿后虽不像《宋史·仪卫志》载，准有打灯笼子亲事官八十人，但辉煌景象已够华贵了。那时姊家仿佛还是什么京官，于今是破落户了。进士第的官衔灯该还有吧，垂珠联珑的朱门却早已褪色了。

用朱红在纱灯上描宋体字，从前很引起过自己的喜悦；现在想，当时该并不是传统思想，或羡

【侧面描写】 灯笼常挂村头，往来的孤行人，摸黑赶路时看到红灯笼也会倍感温馨。从侧面体现出作者对灯笼的喜爱。

【场景描写】 元宵节看灯的场景热闹非凡，到处张灯结彩，跟着一条龙灯在人海中奔跑也不知疲惫，体现出元宵节看灯时的喜悦。

【用典】 "朱门"指古代王侯贵族的府第大门，漆成红色，以示尊贵，泛指富贵人家。褪色的朱门，显示出沧桑变化。

慕什么富贵荣华,而是根本就爱那种玩意,如同黑漆大门上过年贴丹红春联一样。自然,若是纱红上的字是"尚书府"或"某某县正堂"之类,懂得了意思,也会觉得不凡的;但普普通通一家纯德堂的家用灯笼,可也未始勾不起爱好来。

宫灯,还没见过;总该有翠羽流苏的装饰吧。假定是暖融融的春宵,西宫南内有人在趁了灯光调绿嘴鹦鹉,也有人在秋千索下缓步寻一脉幽悄,意味应是深长的。虽然,"……好一似扬子江,驾小舟,风狂浪大,浪大风狂"的汉献帝也许有灯笼做伴,但那时人的处境可悯,蜡泪就怕数不着长了。

最壮的是塞外点兵,吹角连营,夜深星阑时候,将军在挑灯看剑,那灯笼上你不希望写的几个斗方大字是霍骠姚,是汉将李广,是唐朝裴公吗?雪夜入蔡,与胡人不敢南下牧马的故事是同日月一样亮起了人的耳目的。你听,正萧萧班马鸣也,我愿就是那灯笼下的马前卒。

唉,壮,于今灯笼又不够了。应该数火把,数探海灯,数燎原的一把烈火!

【对比】
灯纱上描红的字代表主人家的地位和权势,与普通家庭的灯笼形成鲜明对比。

【用典】
用汉献帝一生被挟持的典故,来表达自己内心的惆怅与不安,与下文的转变形成对比。

【直抒胸臆】
灯笼使作者联想起古代将领挑灯看剑,抗击敌人的情景,借灯笼表达自己浓烈的爱国主义情怀。

阅读心得

本文以"灯笼"为切入点,作者开篇就直言对一切光亮的喜爱,爱太阳,爱月光,爱繁星,对灯笼更是情有独钟。灯笼蕴含了太多的情感,有对祖父的怀念,对母亲的牵挂;有乡俗民情的缘分,有传递给孤行者的温暖;灯笼既是童年时光的陪伴,也是家族盛衰变迁的见证者。最后作者由灯笼联想到"挑灯看剑,塞外点兵"的古代将领,借此表达自己愿为抗日马前卒的满腔热血,展现出强烈的爱国之心。

写作借鉴

　　《灯笼》运用了散文中最典型的表现手法——"以小见大",小处着笔,大处着眼。"灯笼"原是生活中最为平常的小物件,作者通过朴素的笔法赋予它独特的意义。文中的"灯笼"是对亲情的怀念,是对童年的眷恋,也是对沧桑历史的感慨,最重要的是对家国的热爱。在对灯笼的回忆里,抒发出灯笼对于他自身乃至整个民族的重大意义。

　　除了表现手法值得大家借鉴之外,文章的结构也是我们学习散文写作的典范。开头两段直接由回忆写起,说明人们对光亮的喜欢,而后自然过渡到与灯笼有关的往事之中,写出"灯笼"代表的各个方面的不同含义。通过灯笼联想到"烈火",在结尾处升华主题,展现出自己愿意报效国家的强烈情感。

马

名师导读...

马在中国历史上具有重要的地位，几乎在每一个关键的历史转折时期，都会有英雄与宝马的故事上演并流传至今。例如项羽和乌骓、刘备和的卢，等等。吴伯箫和马之间又有着怎样的故事呢？

马是天池之龙种。那自是一种灵物。

——庾信：《春赋》

也许是缘分，从孩提时候我就喜欢了马。三四岁，话怕才咿呀会说，亦复刚刚记事，朦胧想着，仿佛家门前，老槐树荫下，站满了大圈人，说不定是送四姑走呢。老长工张五，从东院牵出马来，鞍鞯都已齐备，右手是长鞭，先就笑着嚷：跟姑姑去吧？说着一手揽上了鞍去，我就高兴着忸怩学唱：骑白马，吭铃吭铃到娘家……大家都笑了。准是父亲，我是喜欢父亲而却更怕父亲的，说：下来罢！小小的就这样皮。一团高兴全飞了。下不及，躲在了祖母跟前。

人，说着就会慢慢儿大的。坡里移来的小桃树，在菜园里都长满了一握。姐姐出阁了呢。那远远的山庄里，土财主。每次搬回来住娘家，母亲和我们弟弟，总是于夕阳的辉照中，在庄头眺望的。远远听见了銮铃声响,隔着疏疏的杨柳,隐约望见了在马上招手的客人,母亲总禁不住先喜欢得落泪。我们也快活得像几只鸟,叫着跑着迎上去。问着好,从伙计的手中接过马鳘来,姐姐总说:"又长高了。"车门口,也是彼此问着好;客人尽管是一边笑着,偷回首却是满手帕的泪。

家乡的日子是有趣的。大年初三四,人正闲,衣裳正新,春联的颜色与小孩的兴致正浓。村里有马的人家,都相将牵出了马来。雪掩春田,正好驰骤竞赛呢。总也有三五匹吧,骑师是各自当家的。我们的,例由比我大不了几岁的叔父负责,叔父骑腻了,就是我的事。观众不少啊:阖村的祖伯叔,兄弟行辈,年老的太太,较小的邻舍侄妹,一凑就是近百的数目。崭新的年衣,咳笑的乱语,是同了那头上亮着的一碧晴空比着光彩的。骑马的人自然更是鼓舞有加喽。一鞭扬起,真像霹雳弦惊,飕飕的那耳边风丝,恰应着一个满心的矜持与欢快。驰骋往返,非到了马放大汗不歇。毕剥的鞭炮声中,马打着响鼻,像是凯旋,人散了。那是一幅春郊试马图。

那样直到上元,总是有马骑的亲戚家人来人往,驴骡而外,代步的就是马。那些日子,家里最热闹,年轻人也正蓬勃有生气。姑表堆里,不是常常少不了戏谑么?春酒筵后,不下象棋的,就出门遛几趟马。

孟春雨霁,滑达的道上,骑了马看卷去的凉云,麦苗承着残滴,草木吐着新翠,那一脉清鲜的泥土气息,直会沁人心脾。残虹拂马鞍,景致也是宜人的。

端阳,正是初夏,天气多少热了起来。穿了单衣,戴着箬笠,骑马去看戚友,在途中,偶尔河边停步,攀着柳条,乘乘凉,顺便也数数清流的游鱼,听三两渔父,应着活浪活浪的水声,哼着小调儿,这境界一品尚书是不换的。不然,远道归来,恰当日衔半山,残照红于榴花,驱马过三家村边,酒旗飘处,斜睨着"闻香下马"那么几个斗方大字,你不馋得口流涎么?才怪! 鞭子垂在身边,摇摆着,狗咬也不怕。"小姐! 吃饭啦,还不给我回家!"你瞧,已是吃大家饭的黄昏时分了呢。把缰绳一提,我也赶我的路。到家掌灯了,最喜那满天星斗。

真是家乡的日子是有趣的。

当学生了。去家五里遥的城里。七天一回家,每次总要过过马瘾的。东岭,西洼,河埃,丛林,踪迹殆遍殆遍。不是午饭都忘了吃么? 直到父亲呵叱了,才想起肚子饿来。反正父亲也是喜欢骑马的,呵叱那只是一种担心。啊,生着气的那慈爱喜悦的心啊!

祖父也爱马,除了像三国志那样几部老书。春天是好骑了马到十里外的龙潭看梨花的。秋来也喜去看矿山的枫叶。马夫,别人争也无益,我是抓定了的官差。本来么,祖孙两人,缓辔蹒跚于羊肠小道,或浴着朝暾,或披着晚霞,闲谈着,也同乡里交换问寒问暖的亲热的说话;右边一只鸟飞了,左边一只公鸡喔喔在叫,在纯朴自然的田野中,我们是陶醉着的。Old man is the twice of Child 我们也志同道合。

最记得一个冬天,满坡白雪,没有风,老人家忽而要骑马出去了,他就穿了一袭皮袍,暖暖的,系一条深紫的腰带,同银白的胡须对比的也戴了一顶绛紫色的风帽,宽大几乎当得斗篷,马是棕色的那一匹吧，跟班仍旧是我。出发了呢？那情景永远忘不了。虽没去做韵事，寻梅花，当我们到岭巅头，系马长松，去俯瞰村舍里的缕缕炊烟，领略那直到天边的皓洁与荒旷的时候，却是一个奇迹。

说呢，孩子时候的梦比就风雨里的花朵，是一招就落的。转眼，没想竟是大人了。家乡既变得那样苍老，人事又总坎坷纷乱，闲暇少，时地复多乖离，跃马长堤的事就稀疏寥落了。可是我还是喜欢马呢：不管它是银鬃，不管它是赤兔，也不管它是泥肥骏瘦，蹄轻鬣长，我都喜欢。我喜欢刘玄德跃马过檀溪的故事，我也喜欢"泥马渡康王"的传说，即使荒诞不经吧，却都是那样神秘超逸，令人深深向往。

徐庶走马荐诸葛，在这句话里，我看见了大野中那位热肠的而又洒脱风雅的名士。骑马倚长桥，满楼红袖招，你看那于绿草垂杨临风伫立的金陵年少，丰采又够多么英俊翩翩呢。固然敝车羸马，颠顿于古道西风中，也会带给人一种寂寞怅惘之感的，但是，这种寂寞怅惘，不是也正可于或种情景下令人留恋的么？——前路茫茫，往哪里去？当你徘徊踟蹰时就姑且信托一匹龙钟的老马，跟了它一东二冬的走吧。听说它是认识路的。譬如那回忆中幸福的路。

你不信么？"非敢后也，马不进也。"那个落落大方说着这样话的家伙，要在跟前的话，我不去给他执鞭坠镫才怪哪。还有那冯异将军的马，看着别人擎擎着一点点劳碌就都去靦颜献功，而自己的主人却踢开了丰功伟烈，兀自巍然堂堂的站在了大树根下，仿佛只是吹吹风的那种神情的时候，不该照准了那群不要脸的东西去乱踢一阵,而也跑到旁边去骄傲的跳跃长啸么? 那应当是很痛快的事。

十万火急的羽文,古时候有驿马飞递:探马报道,寥寥四个字里,活活绘出了一片马蹄声中那营帐里的忙乱与紧急,百万军中,出生入死,不也是凭了征马战马才能斩将搴旗的么? 飞将在时,阴山以里就没有胡儿了。

落日照大旗,马鸣风萧萧。

唅,怎么这样壮呢! 胆小的人不要哆嗦啊,你看,那风驰电掣的闪了过去又风驰电掣的闪了过来的,就是马。那就是我所喜欢的马。——弟弟来信说,"家里才买了一匹年轻的马,挺快的。……"真是,说句儿女情肠的话,我有点儿想家。

一九三四年三月,青岛

阅读心得

这篇文章可以分为两个部分,第一部分,作者"文中有画",用清新轻快的文笔给我们描写了一幅幅富有动感的画面:大槐树荫下,幼童骑马唱歌……第二部分,从家乡和童年转入对历史名人、名马的想象——看见了风雅的徐庶骑马倚长桥,红袖飘飞临风立,古道西风却多了一丝洒脱。作者用无忧的童年趣事写出了浓烈的思乡之情。

写作借鉴

作者在文中多处运用借景抒情的表现手法,比如第三段中的场面描写,对小朋友们一起欢乐玩耍的场面进行描写,烘托出作者对家乡的眷恋和思念。

山 屋

名师导读...

在喧嚣的城市里生活得比较疲惫时，大家可能都会需要一座山林中的小屋来放松心情，吴伯箫笔下的山屋就是这样一个好去处。

屋是挂在山坡上的。门窗开处便都是山。不叫它别墅，因为不是旁宅支院颐养避暑的地方；唤作什么楼也不妥，因为一底一顶，顶上就正对着天空。无以名之，就姑且直呼为山屋吧，那是很有点老实相的。

搬来山屋，已非一朝一夕了；刚来记得是初夏，现在已慢慢到了春天呢。忆昔入山时候，常常感到一种莫名的寂寞，原来地方太偏僻，离街市太远啊。可是习惯自然了，浸假又爱了它的幽静；何况市镇边缘上的山，山坡上的房屋，终究还具备着市廛与山林两面的佳胜呢。想热闹，就跑去繁嚣的市内；爱清闲，就索性锁在山里，是两得其便左右逢源的。倘若你来，于山屋，你也会喜欢它的吧？傍山人家，是颇有情趣的。

譬如说，在阳春三月，微微煦暖的天气，使你干什么都感到几分慵倦；再加整天的忙碌，到晚上你不会疲惫得像一只晒腻了太阳的猫么？打打舒身都嫌烦。一头栽到床上，怕就蜷伏着昏昏入睡了。活像一条死猪。熟睡中，踢来拌去的乱梦，梦味儿都是淡淡的。心同躯壳是同样的懒啊。几乎可以说是泥醉着，糊涂着，乏不可耐。可是大大的睡了一场，寅卯时分，你的梦境不是忽然透出了一丝绿莹莹的微光么，像东风吹过经冬的衰草似的，展眼就青到了天边。恍恍惚惚的，屋前屋后有一片啾唧唧唧的闹声，像是姑娘们吵嘴，又像一群活泼泼的孩子在嘈杂乱唱；兀的不知怎么一来，那里"支幽"一响，你就醒了。立刻你听到了满山满谷的鸟叫。缥缥缈遥的那里的钟声，也嗡嗡的传了过来。你睁开了眼，窗帘后一缕明亮，给了你一个透底的清醒。靠左边一点，石工们在丁咚的凿石声中，说着呜呜噜噜的话；稍偏右边，得得的马蹄声又仿佛一路轻的撒上了山去。一切带来的是个满心的欢笑啊。那时你还能躺在床上么？不，你会霍然一跃就起来的。衣裳都来不及披一件，先就跳下床来打开窗子。那窗外像笑着似的处女的阳光，一扑就扑了你个满怀。

　　"呵，我的灵魂，我们在平静而清冷的早晨找到我们自己了。"

——惠特曼《草叶集》

那阳光洒下一屋的愉快，你自己不是都几乎笑了么？通身的轻松。那山上一抹嫩绿的颜色，使你深深的吸一口气，清爽是透到脚底的。瞧着那窗外的一丛迎春花，你自己也仿佛变作了它的一枝。

　　我知道你是不暇妆梳的，随便穿了穿衣裳，就跑上山去了。一路，鸟儿们飞着叫着的赶着问"早啊？早啊？"的话，闹得简直不像样子。戴了朝露的那山草野花，遍山弥漫着，也懂事不懂事似的直对你颔首微笑，受宠若惊，你忽然骄蹇起来了，迈着昂藏的脚步三跨就跨上了山巅。你挺直了腰板，要大声嚷出什么来，可是怕喊破了那清朝静穆的美景，你又没嚷。只高高的伸出了你粗壮的两臂，像要拥抱那个温都的娇阳似的，很久很久，你忘掉了你自己。自然融化了你，你也将自然融化了。等到你有空再眺望一下那山根尽头的大海的时候，看它展开着万顷碧浪，翻掀着千种金波灵机一动，你主宰了山、海，宇宙全在你的掌握中了。

下山，路那边邻家的小孩子，苹果脸映着旭阳，正向你闪闪招手，烂漫的笑；你不会赶着问她，"宝宝起这样早哇？姐姐呢？"

再一会，山屋里的人就是满口的歌声了。

再一会，山屋右近的路上，就是逛山的人格格的笑语了。

要是夏天，晌午阳光正毒，在别处是热得汤煮似的了，山屋里却还保持着相当的凉爽。坡上是通风的。四围的山松也有够浓的荫凉。敞着窗，躺在床上，噪耳的蝉声中你睡着了，噪耳的蝉声中你又醒了。没人逛山。樵夫也正傍了山石打盹儿。市声又远远的，只有三五个苍蝇，嗡飞到了这里，嗡又飞到了那里。老鼠都会瞅空出来看看景的吧，"蝉噪林逾静，鸟鸣山更幽"，心跳都听得见扑腾呢。你说，山屋里的人，不该是无怀氏之民么？

夏夜，自是更好。天刚黑，星就悄悄的亮了。流萤点点，像小灯笼，像飞花。檐边有吱吱叫的蝙蝠，张着膜翅凭了羞光的眼在摸索乱飞。远处有乡村味的犬吠，也有都市味的火车的汽笛。几丈外谁在毕剥的拍得蒲扇响呢？突然你听见耳边的蚊子薿薿了。这样，不怕露冷，山屋门前坐到丙夜是无碍的。

可是，我得告诉你，秋来的山屋是不大好斗的啊。若然你不时时刻刻咬紧了牙，记牢自己是个男子，并且想着"英国的孩子是不哭的"那句名言的话，你真挡不了有时候要落泪呢。黄昏，正自无聊的当儿，阴沉沉的天却又淅淅沥沥的落起雨来。不紧也不慢，不疏也不密，滴滴零零，抽丝似的，人的愁绪可就细细的长了。真愁人啊！想来个朋友谈谈天吧，老长的山道上却连把雨伞的影子也没有；喝点酒解解闷吧，又往哪里去找个把牧童借问酒家何处呢？你听，偏偏墙角的秋虫又凄凄切切唧唧而吟了。呜呼，山屋里的人其不怛然蹙眉颓然告病者，怕极稀矣，极稀矣！

凑巧，就是那晚上，不，应当说是夜里，夜至中宵。没有闭紧的窗后，应着潇潇的雨声冷冷的虫声，不远不近，袭来了一片野兽踏落叶的悉索声。呕吼呕吼，接二连三的噪叫，告诉你那是一只饿狼或是一匹饥狐的时候，喂，伙计，你的头皮不会发胀么？好家伙！真得要蒙蒙头。

虽然，"采菊东篱下"，陶彭泽的逸兴还是不浅的。

最可爱，当然数冬深。山屋炉边围了几个要好的朋友，说着话，暖烘烘的。有人吸着烟，有人就偎依在床上，唏嘘也好，争辩也好，锁口默然也好，态度却都是那样淳朴诚恳的。回忆着华年旧梦的有，希冀着来日尊荣的有，发着牢骚，大夸其企图与雄心的也有。怒来拍一顿桌子，三句话没完却又笑了。哪怕当面骂人呢，该骂的是不会见怪的，山屋里没有"官话"啊，要讲

"官话",他们指给你,说:"你瞧,那座亮堂堂的奏着军乐的,请移驾那楼上去吧。"

若有三五乡老,晚饭后咳嗽了一阵,拖着厚棉鞋提了长烟袋相将而来,该是欢迎的吧?进屋随便坐下,便尔开始了那短短长长的闲话。八月十五云遮月,单等来年雪打灯。说到了长毛,说到了红枪会,说到了税、捐,拿着粮食换不出钱,乡里的灾害,兵匪的骚扰,希望中的太平丰年及怕着的天下行将大乱:说一阵,笑一阵,就鞋底上磕磕烟灰,大声的打个哈欠,"天不早了。""总快鸡叫了。"要走,却不知门开处已落了满地的雪呢。

原来我已跑远了。急急收场:"雪夜闭户读禁书。"你瞧,这半支残烛,正是一个好伴儿。

一九三四年四月六日,青岛万年兵营

阅读心得

当你阅读本文时,仿佛你就是一个来到山中游玩的客人。不管是山中鸣叫的鸟儿,还是戴了朝露的山草野花,都像在颔首微笑地邀请你。这样的山林怎能不让人心动呢?作者描写了山屋的四季之美,春夏秋冬各有特色,体现了山屋的迷人,表现了作者对山屋的喜爱。

写作借鉴

《山屋》是一篇非常精致的散文,作者将读者称作"你",让读者在阅读的过程中想象自己就是被邀请的客人,这种写作手法能拉近读者与作者之间的距离,而且能够让读者感受作者在写文时的情感与心情。

夜　谈

名师导读

　　活泼开朗、热情似火的人，喜欢热闹喧嚣的白昼；而情绪低落、性格忧郁的人，则喜欢沉默的黑夜。在性格忧郁的人看来，夜晚更让人放松，更让人有安全感。

　　说不定性格是属忧郁一派的，要不怎么会喜欢了夜呢？

　　喜欢夜街头憧憧的人影。喜欢空寂的屋里荧然的孤灯。喜欢凉凉秋夜唳空的过雁。喜欢江船上眠愁的旅客谛听夜半钟声。喜欢惊涛拍岸的海啸未央夜还訇磕的回应着远山近山。喜欢使祖逖拔剑起舞的阵阵鸡鸣。喜欢僻街穷巷黑阴里接二连三的汪汪犬吠。喜欢午夜的一声枪。喜欢小胡同里蹒跚着的鸟儿郎当的流氓。喜欢直响到天亮的舞场里的爵士乐。喜欢洞房里亮堂堂的花烛，花烛下看娇羞的新嫁娘。喜欢旅馆里夜深还有人喊茶房，要开壶。喜欢长长的舒一舒懒腰，睡惺松的大张了口打个喷嚏；因为喜欢了夜，这些夜里的玩意儿便都喜欢了呢。

　　是的，我喜欢夜。因此，也喜欢了夜谈。

　　火辣辣的白天，那是人们忙手忙脚在吩咐人或听人吩咐的时候。庄稼老斗正犁耙、锄头，汗一把泥一把的在田间苦辛劳碌；买卖家正拨动着算盘珠响，口角飞沫，毫厘忽的计较着，在彼此勾心斗角的耍着聪明；工人们心手都变了机器；学堂里，先生们在拿了不是当理说，学生在闹着鬼，偷先生睡晌觉的那点闲暇。这些，想谈话，谈何容易？要谈且等到夜吧。要谈也最好是夜吧。

夏天夜里，在乡间，刚刚放下晚饭的筷子，星星就已撒满天了。庭院里蚊子多，也多少有点见闷热，替祖父拿着狗皮垫褥，提了水烟袋，走到村边绕了杨柳树的场园时，咯咯啰啰说着话的地上已坐满了人了。披着蓑衣的，坐着小板凳的，脱了鞋就拿鞋当了坐垫的，铺了苇席叠了腿躺着的，都乘凉来了。老年的爷爷，中年的伯叔，年轻的兄弟，都亲热的招呼着：

"吃过了么？"

"这边坐坐啊。"

有说着欠欠身的，也有说着就站了起来的。心上真是平安而熨帖啊。先是会吸烟的吸一阵子烟，不会吸烟的去数数星捉捉萤火，慢慢的就谈起闲天来了。慢慢的就说起故事来了。有长毛造反，有梁山伯祝英台，有"那年大旱一连七七四十九天，田中颗粒无收"。说鬼，说狐仙，说家长理短，真有味哪。害怕了时往人缝里挤挤，听得高兴了，随了大家一块儿笑笑。望着一直黑到天边的茫茫大野，看着星，看着萤火，看着烟斗一亮一亮的微光，心是冲淡宁静的。人是与夜合融了的。一个流星扫过了，大家嚷："你瞧那颗贼星！"路边走过一支灯笼，狗咬起来了。

"狗！"有人在呵叱着。

问："上哪儿去的？"

"赶店的呢。"或"到城里去的。"那提灯笼的回话。

心上一惊往往接着就平安了的。眼看着灯笼远，远。跟前故事又开头了。偶然也来两口二簧，梆子腔。你听，"金牌召来银牌选……"还是小嗓。

这是夜谈。这是乡间的夜谈。这样夜谈是常常到丙夜才散的，是常常到露重了才散的。是常常谈着谈着有人睡着了，打起呼噜来；有人瞌睡了，打起哈欠来。有谁家孩子的妈唤她的孩子："还不给我回来睡觉！"孩子揉着困眼，不愿走，可是走了。又有谁家丈夫的老婆喊她的丈夫："我说，还不回家吗？"听话的老实的丈夫，也是不愿走，可是也站起来走了。这样你走，我也走，人就渐渐的稀，话就渐渐的少了。到人散净了，狗也"啊哼"一声舒起懒腰来，留下的就只有吱吱的蝙蝠飞，嗡嗡的蚊虫叫，仿佛还在谈得热闹。

有远离乡井的人，栉风沐雨的漂泊，山啊河的跋涉，想着家，迈着疲惫的脚步，好歹在太阳快落的时候赶到了一家野店。进门，跺跺脚上的尘土，擦一把脸，擤擤鼻子。到屋里，喝茶呢，怪渴，喝了几杯；不想吃东西，也胡乱的应酬了点儿，不过应当收拾睡的时候，却偏偏睡不着了。对了一盏灯，孤零零的，又乏，又闷，又愁，简直想落泪，想哭。忽然，这时候车门开处，又进来了一位客人，挑担子的吧，推小车的吧，赶了毛驴卖酒的吧，不管，也是投宿的就好。你看他，进得店来，也是跺跺脚上的尘土，擦一把脸，擤擤鼻子，屋里来喝茶吃饭。其初你本来毫无心绪去招呼他的，只是愁得想落泪，想哭。可是后来你招呼他了：

"从哪儿来呀？"

"往哪儿去啊？"

你问他贵姓，他也问您贵姓，不是慢慢的就熟了么？慢慢的就谈起话来了。同是旅途的客人啊！同病是会相怜的呢。说着话，彼此都感到了几分亲挚，几分慰藉。就这样，你忘掉了你的孤单，也不很愁苦了，悄悄的你就踱到了梦中。哪怕醒来枕上仍复有着泪痕，总比你听一夜更夫的柝声，在床上泥鳅似的辗转不寐好喽。

若然是他乡遇故知呢？那就更该喝杯酒贺贺了。你们不会坐以待旦么？话一夜是说不完的。高兴了紧紧握住了手，难过了涕泪阑干，或拍着肩膀彼此会心的笑笑，谁知道都说些什么话呢？夜是寂寥的，你忘了；夜是漫漫儿长的，你也忘了。你只感到兴奋，只感到袭上心来的莫名的脉脉欢喜，莫名的阵阵酸辛。

这又是一种夜谈。

要是，外面风声一刻紧一刻，处处暗探包围得水泄不通，一帮革命党人，却还兀自在一间小小的顶楼上，或一所闷气的地下室里，燃一支细烛，光微弱得呼吸都嘘得在灭，在会谈些什么，理论些什么呢。切切喳喳的说话声，怕全凭了眼睛去听才懂。可是人并不慌张，倒是镇定锁住了每颗热烈的心的。用眼里灼灼的光芒互相喜悦的对看着，仿佛在期待着一个人，在等着一道极严重的命令似的。好久好久，正疑惑着：

"怎么还不来？"

"该不会有差错吧？"

忽然，不敢相信的听着轻轻敲了三下门，望过去，从门缝里挤进来的是一个破布蓝衫的青年。正是他，清瘦的身躯，犀利的眼光，紧闭的嘴唇，像钳着铁一般的意志似的。大家下意识的肃穆的立了起来，欢迎他；又下意识的肃穆的坐了下去，听他说话。

先是女孩子样的，大方而熳烂的笑，给每个矜持的灵魂投下一副定惊的药剂，接着那低微而清晰流畅的声调响起来，就像新出山的泉水那样丁咚有致。说陷阱就像说一个舞女的爱；说牢狱就像讲一部古书；说到生活，说它应当像雨天的雷电，有点响声，也有点光亮，哪怕就算一闪即过的短促呢，也好。说死是另一种梦的开头，不必希翼也不必怕，那是与生活无关的。说奸细的愚蠢，说暴动的盛事，也说那将来的万众腾欢的日子。一没留神，你看，各个人都从内心里透出一种没遮拦的欢笑了，满脸上都罩上那含羞似的红光了。振奋了，激励着，人人都像一粒炸弹似的。饱藏着了一种不可遏抑的力。

这也是一种夜谈，听这种夜谈是不会打盹的。

夜谈是有味的。除夕大年夜，一家老小，守岁喝黄米酒，烧大盆火，同话祖宗遗事；零乱的爆竹声中，那夜谈是弥漫着天伦之乐的。两个看坡的老人，地头上禾稼丛里，领一条狗，曳一杆猎枪，在夜色凄其的时候，吸烟说杂话，听禾苗刷刷的长，那夜谈是有田野风的。几个青年人捧了一位蔼然可亲的老先生，向他质疑问难，说诗经里的郑风，讲希腊神话，娓娓动听的那博雅谈吐，是充满着书香的。偶语弃市，眉眼便代替了唇舌；楚囚对泣,眼泪说一腔抑郁。"开琼宴以坐花,飞羽觞而醉月",管它闲情还是逸趣呢,夜谈总是可爱的。

不信,你来,大大的一壶白开,小小的一坛醇酒,一听香烟,若干份上海小报,烤白薯,赛梨萝卜,几卷禁书;替你约两三个知心朋友,在花香的春夜也好,雷电风雨的夏夜也好,萧萧风唧唧虫鸣的秋夜也好,深冬大雪夜也好;月白如水的时候,一夕数惊的时候,别后重逢,都随你;请你谈,作彻夜的谈。那么,联床西窗烛下,该是你睡不着觉的时候了吧?

喂,伙家,就请移驾夜谈如何?

阅读心得

这篇散文选取了我们生活中常见的一个场景——夜谈。开篇作者写了喜欢夜的原因,是夜晚街头的人影孤灯、船上的钟声以及海的啸声,能让夜里变得精彩。作者因为喜欢夜,继而喜欢上了夜谈。白天手忙脚乱地挣生活,到了晚上终于有了空闲可以说说话,会让人感觉到亲切、放松、自在。

写作借鉴

这篇文章不仅运笔如行云流水,作者的构思和布局更值得借鉴和学习。文中运用了一个精彩的写作手法——镜头剪辑,即用不同的场景谈论同一件事情。从开头的破题一直到说明喜欢夜谈的原因,都是在为主题做铺垫。这篇文章表面上是在写夜谈,其实歌颂的是要与黑暗势力抗争搏击的革命者。这篇文章的写作背景是在白色恐怖时期,所以不能直抒胸臆地去表达对革命者的高度歌颂,只能采取这种暗含的语言去表达。

天　冬　草

📖**名师导读** · · · ·

　　有人喜欢树的挺拔高大，有人喜欢花的艳丽芬芳，有人喜欢草的蓬勃生长。吴伯箫对天冬草情有独钟，这到底是什么原因呢？

　　仿佛是从儿时就养成了的嗜好：喜欢花，喜欢草。喜欢花是喜欢它含葩时的娇嫩，同初放时的艳丽芬芳。喜欢草则是喜欢那一脉新鲜爽翠的绿同一股野生生蓬勃的氤氲。我还没见过灵芝，也伺候不了兰茝之类，坡野里丛生蔓延的野草而外，以冬夏长青为记，我喜欢天冬。

　　喜欢天冬，要以初次见了天冬的那次始。说来就须回瞩远远的过去了。那还是冬天，在一座花园的客厅里，围炉闲话的若干人中有着园主的姑娘在。她是光艳照人的，印象像一朵春花，像夏夜的一颗星，所以还记得清楚。记得清座边是茶几，隔了茶几摆得琳琅满目的是翡翠屏，是透剔精工的楷木如意，是漆得亮可鉴人的七弦琴。而外，再就是那么几架盆栽了。记得先是细叶分披的长长垂条惹了我的注意，又看见垂条间点缀了粒粒滚圆的红豆，好奇，因而就问起座侧光艳的人来：

　　"是什么草？"

　　"这纹竹吗？——噢，叫天冬草呢。"

"可是冬夏长青的？"

"嗯，正是，冬夏长青的。"

"结种子的吧？"

"啊，结种子。这红豆就是。"

"红豆？'红豆生南国，春来发几枝'，可就是这——？"那边略一迟疑，微微红了脸，像笑出来了几个字似的说："大概不是。"

"总会种了就出吧？请摘我几颗。"

就那样从水葱般的指端接过来，握了一把珊瑚色珠圆的种子，天冬与我结了缘。于今，转眼已是十年了。望回去多么渺茫想来又多么迅速的岁月啊！听说那花园的姑娘早已出了阁，并已是两个宝宝的母亲了呢。

在故都，厂甸，毗连的书肆堆里，我曾有过一爿很像样的书斋来着。屋一门两窗；同别人分担也有个恰恰长得开一株老槐树的小小庭院。屋里两三架书，桌一几一，数把杂色坐椅。为粉饰趣味，墙上挂了几幅图画；应景儿跟了季节变化也在花瓶水盂里插几枝桃杏花，散乱的摆几盆担子上买的秋菊之类。虽说如此那自春及冬称得起长期伴侣的却是一盆天冬草哩。

提起那盆天冬，也是有来历的。原初一个柔性朋友，脂粉书报之暇，很喜好玩那么几样小摆设，窗头床头放几棵青草红花。人既细心，又漂亮，花草都仿佛替她争光，赚面子；凡经她亲手调理出来的，无不喜笑颜开带一副欣欣向荣生气。她有的一棵天冬，就是早早替她结了累累红豆抽了长长枝条的。可是，也许花草无缘吧，有那么一个时期，忽然那漂亮人像喜欢了一株大树似的喜欢了一个男子起来，并且慢慢的弄得废寝忘食，这是很神秘的：男，女，尽管相隔了千里远，或竟智愚别于天渊，就是一个美得像带翅膀的天使，一个丑得像地狱里的鬼，可是不知怎么有那么一朝一日，悄悄的他们就会靠拢了来哩。甚而好得像迅雷紧跟了电光的一般。巧妇笨男，俊男丑妇，是如此撮合的吧。这也是妒嫉的根源。——一边亲近，另一边就疏远，直到漂亮人去同那"大树"度蜜月的时候，屋里花草就成了九霄云外的玩艺了。未能忘情，她才一一替它另找了主，分送了朋友。结果我有的就是那盆天冬。

一则自己爱好，再则也算美人之遗，那盆天冬，就在那一个冬天得了我特别的宠幸。施肥哩依时施肥，灌溉哩勤谨灌溉。梳理垂条，剪摘黄叶，那爱护胜过了自己珍藏的一枝羽箭，同座右那张皱眉苦思的贝多芬像哩。朋友来，总喜欢投主人所好，要竭力称赞那天冬，并将话远远牵到那前任的园丁身上，扯多少酸甜故事。因此，天冬在朋友当中便有了另一番情趣。那绿条红豆间也就常常晃着一个渺不可企的美的影子了。

今天卖花担上新买了一盆天冬，又将旧衣服——许多往事——给倒了一回箱。实在说，这是多事的。你看，那伊人的馈赠呢？那好人儿呢？那一帮热得分不开的伙计呢？唅！最怕吹旧日的好风啊！

现在，且将一盆天冬摆下，书室里也安排个往日的样子吧。管它外面偷偷挤来又偷挤去的是魑魅还是魍魉哩，进屋来好好收拾一下残梦要紧。敝帚千金，自己喜欢的就是异珍。出了门，尽管是千万个人的奴隶，关起门来，却是无冕的皇帝哩。怎么，有天冬草在，我便有壮志，便有美梦，便有作伴丽人；书，文章，爱情友谊也有吧，自己就是宇宙了呢。怎么样，小气的人啊，你瞧这天冬草！

人，往往为了小人伎俩而忿慨，碰了壁便丧气灰心，其实干么呢？木石无知，小人非人，为什么要希冀粪土里会掏得出金呢？与其有闲去盼黄河水清，乌鸦变白，还是凭了自己的力去凿一注清流养一群白鸽的好。烦人的事先踢开，且祷祝着心长青，有如座侧天冬草；并以天冬草红豆作证，给一切抑郁人铺衬一条坦荡的路吧。

一九三四年八月廿八日，万年兵营雨夜

阅读心得

作者通过对往事的追忆，表达了对过去时光的怀念。而看到天冬草，作者也对人生有了新的感悟，劝解自己要淡然宁静，这也是作者想传达给读者的。

写作借鉴

散文是最接近生活真实的文学样式，而这篇文章就是典范。文学创作，真情实感才最能打动人心。作者叙事状物都是有感而发，从平凡中引申出深刻的内涵，引人遐想。我们要学会用质朴的语言来传递自己的情感。

啼 晓 鸡

　　犬守夜，鸡司晨，殆与人之食色相似，那是天性。

　　从很早就向往于"鸡犬之声相闻，人至老死不相往来"那种古朴的乡村生活。狗吠深巷中，鸡鸣桑树颠，渊明翁归田园居里的名句，也是从心底里爱好着，玩味不置的。这还不是什么遁世思想，有以寄迹山林；实是田野风物，那竹篱茅舍，豆棚瓜架之类，所给与的薰染过深的缘故所致。

　　在都市里，烟囱，楼厦挤得满满的；处处都是摩托车霓红灯，金与肉的辉映。人们黄昏起床，黎明就寝，昼夜生活压根给它翻了个儿，对守夜司晨的鸡犬之声他们怕很生疏吧。那同古昔战场上长矛盔甲一样，在氯气炮坦克车的队里，怪嫌寒乞的。于今，报晓么，有自鸣钟，有早号，汽笛；防护么，有警察，红头阿三。鸡狗禽兽之裔，还不滚一边去！你看，一更二更敲着梆子过夜的更夫，都躲到僻静的城角落去了呢。

　　可是，虽说如此，对喔喔的鸡啼，汪汪的犬吠，还是觉得有些亲近。无论在哪里听到，总仿佛遇故知还乡里般情味，这也许是没落的表征吧，对这点没落却是固执着的。你且想想看：秋天，晌午时分，老大的太阳，正煦暖的晒着，温都都的；在乡间，一个小村落里，谁家禾场上秋收后一大堆草垛的顶上，高高站了一只丽花大公鸡，骄傲的昂着头，尾上长长的飘翎招展着，那样洒脱，那样美，映了日光在熠熠闪耀。它遥遥的先兀自向四方眺望一会，忽然伸长了脖颈，"哥嘟嘟"，响亮的叫起来了。停一息，听了听什么，"哥嘟嘟，噢……"又叫了一声。紧跟着，村南村北，村东村西，不知有多少雄鸡，百数十个吧，也一齐答了应声；这里喔喔，那里喔喔，远远近近，嚷成一片的闹着。你不神往么？草垛跟前，谁家烂漫天真的孩子，手指点在腮边，红红的脸，都看呆了呢。"咯咯哒，咯咯哒"，你瞧，偏偏那边又来了母鸡生了蛋的呼唤，真教人高兴！要是太平丰年，家给人足的时候，在这一阵正午的鸡啼声里，你想象不到家家的饭菜香，及那食桌边熙熙和乐的情趣么？

犬吠呢？你且别怕。虽则踏入一座山庄或走近一家宅院的时候，总会有瘦的，肥的，波波嗡嗡的大小狗，以凶凶嘴脸向你袭来示威；然而它不至就伤害你的，不过虚张声势，迎你过来送你过去而已。若真的在一家门口伫立稍久的话，那吠声便会给你唤出一个人来。"狗！谁呀？"清脆娇婉的声音，说不定还是一位桃花面素朴的姑娘哩。要是熟，就请进作个客人；不熟，"这家杏花开得真好！"或"枣都红满树了？"说了一句话就走也行。那条狗，一壁厢，却已用亲熟的目光注视着你，摇了尾巴了。

怎么样，可过瘾？

若然有工夫,以袖手旁观态度,看看鸡斗,瞧瞧狗打架,不也有趣么?你看那胜者的趾高气扬,败者的垂头曳尾,就很令人兴感。甚而爱管闲事,以同情心驱策,都想打打不平。可是我不劝你去学唐明皇:因了喜欢民间清明节的斗鸡戏,便在宫中修了鸡坊,选六军五百小儿,养千数长安雄鸡,来驯扰教饲。那是满可不必的。"软温新剥鸡头肉",不客气,咱们万岁爷晚年原有点儿荒唐。养狗,而至喂肥了无所事事,去看它赛跑,逗裙边旋风呢,也无卿;酒色财气,鱼鸟狗马之什,成了癖,是都足以使人不争气,堕往泥潭里去的。

要真的像孟尝君的食客,鸡鸣狗盗,也罢了。本来么,鸡叫开关,偏偏夜才三更,不到鸡叫时候,你就学那一声,骗一回塞边鸡,骗一回守关人,有啥关系?总比愁白了头发还过不去关好得多多不是。看来伍员是比较笨的。"绛帻鸡人报晓筹",《周礼·春官》中就有所谓祭祀夜呼以警百官早起的"鸡人"在。

说回来,犬以守夜吧,夜里犬吠却有点怕人。特别那一阵紧一阵慢,村犬狺狺然的齐声乱吠,就往往把孩子们关在了被里。以为那里又遭了毛贼了。大人们也不敢睡熟,惯常坐起来,放土枪,警备万一的不测。鸡啼呢,就好:长夜漫漫何时旦?当你在旅床上辗转不寐,风雨夜雷电交迫的时候,啼鸡一声,就有了盼头了。尽管是漆黑漆黑的黑夜,总敌不住一遍遍的鸡声相催,慢慢的东方欲白,月没星稀,就黎明了,就大亮了。

农家春耕季节,鸡叫头遍长工就起来喂牛。鸡叫三遍就带了犁耙绳索上坡。最怀念:闪灼的星天下,料峭的春风中,鸡啼声里,犬吠声里,那伴了三头耕牛,两只猎狗,一车农具的上坡人啊。咯啰啰的说话,隐约约的人影,犹如梦中。在跟前你不愿同他们一块儿走走么?于我是迷恋着的。还有,除夕夜阑,祠堂前,家人正围绕着发纸马,烧金银锞,放鞭炮的时候,五更鸡啼也一声声繁了起来,那情景又是怎样的静穆,深远呢。很多人童年记忆的网里,对此怕就打着很密的结吧。

鸡鸣的时辰真怪:在夜要欲曙天,在昼要日当午;阴雨也罢,冷暖也罢,到时辰就喔喔的啼了起来。且是那样有尺寸斟酌的。你万物的灵长啊,康德老先生那有名的哲学散步,虽以时间的准确,惹了人的异常叹服,但比之唱晓雄鸡,不是还有点距离么?是不想,想来确够神秘。

有闻鸡起舞的故事,有长鸣鸡的传说。有野鸡群鸣的古磨笄山。朝有"束带待鸡鸣",野有"鸡声茅店月,人迹板桥霜"。
——喂,你锁在都城的朋友,笼里金丝雀与夫架上鹦鹉听够了,何妨于星月夜,驿桥边,胸怀郁悒时候,去听一听那千户万户的鸡鸣犬吠声呢。它是可以给你很多慰安很多鼓舞的。不信,前路茫茫正自踌躇当儿,隐隐的雄鸡啼处,山那畔村舍就不远了。

一九三四年十月,于"山屋"

阅读心得

　　文章一开始就将乡村生活与城市生活做对比,表达出了作者对都市生活的不满:拥挤的高楼大厦,黑白颠倒的生活,没有一处僻静之地。对乡村生活的向往:鸡喔喔啼,犬汪汪吠,田野风物自在,竹篱茅舍清净,到处一片祥和,玩味不已。秋日暖阳下,洒脱的大公鸡在日光下熠熠闪耀,从侧面体现出了太平丰年的和乐景象。而守夜犬的吠声则能让人度过一个安全的漫漫长夜。作者通过鸡鸣和犬吠表达出了对童年和对乡村生活的向往和怀念。

写作借鉴

　　这篇散文在神态描写上独具特色,重点是对公鸡的描写,"……一只丽花大公鸡,骄傲的昂着头,尾上长长的飘翎招展着,那样洒脱,那样美,映了日光在熠熠闪耀",寥寥几句,一只活灵活现的高傲的公鸡便跃然眼前。作者又用"凶凶嘴脸""亲热的目光"等词汇描写狗,显得生动而形象。在作者的笔下,鸡鸣狗吠没有一丝聒噪,只有人和动物的和谐相处、其乐融融的画面感。

　　除了神态描写之外,文中的环境描写也值得我们学习和借鉴。开篇作者就将拥挤的都市环境和闲适的乡村风景进行对比,体现出作者对两种事物不同的情感,既写了景,又抒了情,可谓是一举两得。

海

📚 名师导读···

　　大海平静时，像一个温顺的孩子，孤独又安静。太阳照在海面上时，波光粼粼，又好似一面镜子，在广阔的天地间微笑。在吴伯箫的笔下，海又是什么样的呢？

　　那年初冬凉夜，乘胶济车蜿蜒东来，于万家灯火中孤单单到青岛，浴着清清冷冷风，打着寒噤，沿了老长老长的石栏杆步武彳亍，望着远远时明时灭的红绿灯，听左近澎湃的大水声音，默默中模糊影响，我意识到了海。旅店里一宵异乡梦，乱纷纷直到黎明；晨起寂寞与离愁，正自搅得心酸，无意绪，忽然于窗启处展开了一眼望不断的水光接天，胸际顿觉豁然了。我第一次看见了海。从那起，日日月月年年，将时光于悲苦悦乐中打发着，眨眼冬夏三五度，一大把日子撒手作轻云散去，海也就慢慢认识了，熟了，亲昵起来了。

　　忆昔初来时候，地疏人生，寂寞胜过辛苦，常常躲着失眠，于静穆的晨钟声里起个绝早，去对着那茫无涯际的一抹汪洋，鹄候日出，等羲和驾前的黎明；带便看看变幻万千的朝霭，金光耀眼的滟滪水色，及趁潮解缆欸乃荡去的渔船。我曾凑晴明安息日，一个人跑到远离市镇的海滩，去躺在干干净净的沙上，晒太阳，听海啸，无目的地期待从那里开来的一只兵舰，或一只商船；悄悄地玩味着那船头冲击的叠浪，烟囱上掠了长风飘去的黑烟。我也曾于傍晚时分，趁夕阳无限好，去看落霞与孤鹜：就这样辗转相因，与海结了不解缘，爱了海。

爱海，是爱它的雄伟，爱它的壮丽。爱它的雄伟，不是因为它万丈深处有什么玲珑透剔的水晶宫，有海，若有 Oceanus,Neptune 及其挽轻车的铜蹄骏马，和金盔卫士；爱它的壮丽，也不是因为它那银色浮沫中曾跳出过司人间爱与美的维娜斯，及善以音乐迷人的 Siren 女神，或凌波微步，罗袜生尘的宓妃之类：爱海的雄伟与壮丽还是因为海的根底里就蕴藏着雄伟蕴藏着壮丽的缘故呢。不必夸张，不必矫情，只要对着那万顷深碧，伫立片刻，或初夏月明夜扁舟中流荡漾一回，你就会不自禁地惊叹，说说这样大的海这样美的海啊！原来海不止是水的总汇，那也是力的总合呢。栽在它的怀里，你自己渺小得像一片草芥，还是像一粒尘砂，怕就连想想的工夫都没有。你不得不低头，服输。

因为爱海的缘故，读了古勒律己的《古舟子吟》，曾想跳上一只独横岸头的双桅舟，去四海为家，漂泊一世；将安乐与忧患，完全交给罗盘针，定向舵与夫一帆风顺；待到须发苍苍，日薄西山时候，兀自泊上一处陌生的港口，将一身经历，满怀悲苦，向人们传播吐诉，那该是耐人寻味耐人咀嚼的吧。读了盎格尔撒克逊那民族缔造的历史，曾想啸聚一帮弟兄，炼一副铜筋铁骨身子，百折不回意志，去栉风沐雨，冒天险，大张除暴安良，拯贫扶弱旗帜，横冲直撞出入于惊涛骇浪中；只要落落大方，泄得万种愤慨，海寇名家，徽号也是光荣的。人生事事不称意的时候，读了《论语》卷内仲尼老先生乘桴浮于海的话，也曾想，像陶渊明东篱采菊，苏东坡夜游赤壁，就到海上蓑衣垂钓悠然鼓枻地过过疏散生活也好：可惜既非豪俊，又非明哲。亦非隐人逸士，草草白日幻梦殊不足为训已耳。无何，就姑且造若干渔船，到海里去斩长鲸，擒浪里白条，秋网蟹，冬拿海参，改行作个渔户也好吧？再不然，就煮海为盐，拿取之不尽用之不竭的海水与阳光，去穷乡僻壤给只吃得起咸菜粥的农夫农妇换换口味亦佳：只要有海在，便尔万般皆上品了，何必苛求。

　　正经说：倒是挺羡慕一个灯塔守者。看它孑然独处，百无搅扰，清晨迎着太阳自海上出，傍晚送着太阳向海上落；夜来将红绿灯高高点亮，告诉那迷途海航人，说：平安的走吧。就到家了。这边一路是码头，那边才是暗礁。码头上有好船坞，有流着的金银；有男女旅客，有堆满着的杂粮货物，热闹得很哩！说，这来，是从哪里拔锚的？路程很远吧？海那边可也是闹着饥荒？还是充溢着升平景象呢？说：这来，带的都是些啥样客人，什么货色？有莽汉吧，有娇娃吧，有锡兰岛的珍珠非洲的象牙吧？……尽管谁也不理会，无音的回答，就够理解，就够神秘。若然风雨来了，便姑且爬上灯塔的最高梯，张开海样阔的怀抱，应了闪闪电光与霹雳雷鸣，去听那发了狂似的咆哮的海涛，我知道胸际热情翻滚着，你会引吭高歌的。至若晴明佳日，趁日丽风和，海不扬波，去闲数白鸥飞回，看鱼跃，听塔下舟子歌；那又是不必五台山削发，可以使你坐化的境界了。

　　海风最硬。海雾最浓。海天最远。海的情调最令人憧憬迷恋。海波是旖旎多姿的。海潮是势头汹涌的。海的呼声是悲壮哀婉，訇然悠长的。啊，海！谁能一口气说完它的瑰伟与奇丽呢？且问问那停泊浅滩对了皎皎星月吸旱烟的渔翁吧。且问问那初春骄阳下跑着跳着捡蚌壳的弄潮儿吧。大海的怀抱里就没有人能显得够天真，够活泼，够心胸开阔而巍然严肃的了。

我常常妄想：有朝一日有缘，将身边羁绊踢开，买舟去火奴鲁鲁，去旧金山，去马尼拉，去新加坡，去南至好望角，北至冰岛，绕那么大大一圈，朝也海，暮也海，要好好认识，认识认识海的伟大。——喂，你瞧！那乘风破浪驶过来的说不定就是杰克逊总统号呢。

一九三四年十二月于青岛

阅读心得

本文描写的是作者最熟悉的大海。普通人说喜欢大海，原因可能大同小异，比如大海广阔、夏天海风凉爽等。而作者喜欢大海，却能一口气细数大海无数的好处，比如"海风最硬""海雾最浓""海天最远""海的情调最令人憧憬迷恋"，等等，作者能从这么多角度去夸赞大海，说明他对海是真的热爱。

写作借鉴

本文语言的节奏美值得借鉴和学习。在散文中，对偶和排比是常用的修辞手法。对偶句和排比句，在句式上整齐划一，能够体现出韵律的整齐。作者在散文写作时借鉴了我国古代骈体文的写法，使整篇文章就像诗一样富有音乐美，节奏感非常强，读起来朗朗上口，既能突出海的浑厚和广阔，同时也能表达出作者对海浓烈的爱。

羽 书

名师导读

　　一部名叫《鸡毛信》的电影曾经家喻户晓,讲述的是一个叫海娃的少年机智地将一封插着鸡毛的重要信件送到八路军手中的故事。那《羽书》讲的又是一个什么故事呢?

　　羽书,或羽檄,翻成俗话,应是"鸡毛翎子文书","鸡毛信"。这东西仿佛是很古就有的。《汉书注》里说:"……以木简为书,长尺二寸,用征召也,其有急事,则加以鸟羽插之。"《史记》里也有"以羽书征天下兵"的话。出于古诗词的,更数见不鲜,如:高适的《燕歌行》里"校尉羽书飞瀚海,单于猎火照狼山",岑参诗里的"羽书昨夜过渠黎,单于已在金山西",都是。想来,羽书是用之于紧急军事的无疑。因为,古时候虽有睿智如诸葛先生者,能发明木牛流马用作战争利器,但用电波来传话、递报的事却还没人晓得。信鸽呢,难得役使自如;蜡丸书呢,又嫌麻烦费事;于是檄文插羽毛,意使急行如飞,就算尽紧张迅速之能事了。不信,那木简的另一面所常写的"速速速"的字样,就很敌得过于今电文上的"十万火急"。

　　童年在家乡当小学学生的时候,曾朦胧记得有过"鸡毛翎子文书"下乡的故事。说朦胧,那是岁时月日记不清的意思;留的印象却很深很深,至今回想,还历历在目。

是一个黄昏。黄昏,在中年人易多闲愁,"闲愁似与黄昏约";在小孩子就易生恐惧。那晚也是。都吃了晚饭罢,巷口有的是立着谈闲天的人。有牵了牛到村边湾里去饮牛的。家家门口的狗在冷打慢吹地吠着。也有谁家妈妈唤孩子的声音。空气很平静,不,又有点儿异样的浮动。忽然一个邻庄的小伙子跑来了,满头是汗。对,是冬天,有点风呢。那人穿着短袄,扎着腰,戴一顶瓜皮毡帽。跑到人丛里,站定了还喘。说是找庄长。问:"什么事?"他喳喳着说:"鸡毛翎子文书!"声音很低,但很清楚,很有力。站在周围听的人脸上都立刻罩了一层严肃与矜持,互相看看,也偷偷回头瞧瞧,气氛恰像深秋的霜朝。我那时虽还小,是头一次听说"鸡毛翎子文书",但也打了一个寒噤,为什么却不知道。

有人把庄长请来了。不知谁去的,那样快,一请就到。仿佛原就在跟前似的。那人从腰里掏出文书来,又戚戚喳喳地说:"口子镇,啊啊,初五鸡叫赶到!三个,啊啊,每人一根白蜡杆,两束干草。啊啊,一庄传一庄。不得有误!不去的烧……"他说着,大家一壁听,一壁看他手里的一个木牌,那就是文书了。方方的,下端有柄,顶头插两根鸡毛,正面写字,是"速速速"。听着看着,人人的嘴都闭紧了,身上顿时充满了小心与力!庄长接过木牌来,手都哆嗦了。即刻吩咐,结果是家里一匹马应差出发了。骑马的是铁蛋百顺。

记得,天紧跟着就黑了,漆黑。我被父亲看了一眼,就跟着家去了。

狗仿佛都不再吠,沉默锁在了全村,像暴风雨的前夜。

那晚，家里的马回来似乎已半夜了。大门是上了锁又开的。

过了几天，忘记是几天了，初五。口子镇上发了大火，烧的是各村带去的干草。县长的轿子在那里被农民捣毁了。坐轿子的是上头派下来的量地委员，受了重伤。县长听说是化装成庄稼老头逃跑了的：穿着破棉鞋，棉袄露了瓢子，也戴一顶瓜皮毡帽。说是一天没吃饭，叫了人家"大爷"，人家才给了一口饭汤喝；都传得有名有姓。

后来事情怎样进展不很清楚，只知道当时城里好几天没有官。要丈量地亩的也不丈量了。

这是一回"鸡毛翎子文书"的事。从那直到现在没再听说哪儿还闹过这玩艺，可是总觉得哪儿是在闹着。速！速！速！很快就集合了大帮人，烧着大火，千万根白蜡杆底下，有人被打倒了，有人被赶跑了，生活总要变变样子。那"鸡毛翎子文书"像雷公电母，又像天使，它散布着风雨，也常是带着幸福，在飞！

八月十五，把异族侵略的敌人一宿中间从中原版图上肃清，民间是有过传说的。那真是悲壮，痛快，可歌可泣的历史的页数！可是谁发的命令呢？多言的嘴是怎样用秘密的封条封拢的？觉得神妙了。我想，传递消息会用的是"鸡毛翎子文书"吧？虽说山遥水阻，交通多滞塞不便，但你晓得，羽书是会飞的！虽说中原版图辽阔，足迹殆难踏遍，然而，速速速，羽书是飞得快的！虽说，敌人已布满了中原，混进了户户家家，作了户户家家的主人，但，你要明白，忿怒锁在了每个中国人的心里，血液都被狠毒煮沸了，即使怒不敢言，笑里也可以藏得住刀子！哪怕它敌人再多些，只要下深了锄，自然会连根也拔尽了的！

啊,"鸡毛翎子文书"飞啊!去告诉每个真正的中国人,醒起来,联合了中国人民真正的朋友,等哪一天,再来一个八月十五!

一九三六年二月四日大风夜

阅读心得

这篇文章创作于1936年,当时的中国正处混乱之中,群众的反抗斗争风起云涌。吴伯箫在这篇文章中也表现出了对现实的不满,字里行间都透露出人民被压抑着的愤怒情绪。但另一方面也能体现出作者对生活的热爱,对祖国乡土的深情眷恋。

写作借鉴

这是一篇典型的叙事散文。叙事散文中线索是贯穿全文的一条主线,整篇文章的情节脉络也都是由这个线索串联起来的,同时也是整篇文章中作者表达思想情感起伏变化的标志。离开了线索,文章就会变得散乱无序,所以线索是极其重要的一个点。"羽书"作为本文的线索,引出开端发生的农民惩治县长和量地委员的往事,继而回忆起中国人民反抗异族统治者的历史,推动了行文的发展。我们在写作时,切记要抓住主线,这样文章才会有骨架。

我还没有见过长城

名师导读

　　长城在中国人的心中历来都是非同寻常的,它像傲视群雄的神物一样,盘旋在中国的北方,守护着神州大地。今天就让我们一起领略吴伯箫眼中的长城吧。

　　真惭愧,我还没有见过长城。

　　记得六年故都,我曾划过北海的船,看那里的白塔与荷花;陶然亭赏过秋天的芦荻,冬天的皓雪;天桥,听云里飞,人丛里瞧踢毽子的,说相声的;故宫与天坛,我赞叹过它的壮丽和雄伟;走过长长的西长安街,与挤满了旧书及古董的厂甸;西郊赶过正月十五白云观的庙会,也趁三月春好游过慈禧用海军费建造的颐和园,那里万寿山下有昆明湖,湖畔有铜牛骄蹇。东郊南郊都作过漫游,即无名胜,近畿小馆里也可以喝茶,吃满汉饽饽。还有走走就到的东安市场,更是闲下来溜达的大好地方。可是,六年,西山温泉我都去过,记得就没去什刹海。为此,离开了故都曾被人嫌弃说“太陋”。说:“什刹海都没逛过,还配称什么老北京!”当时真也闭口无言。有一年发狠,凑巧有缘重返旧京,记得还没有进旅馆的门就雇好了去什刹海的车子。夏天,正赶上那里热闹:地摊子戏,搭台的茶座,直挨着访问了个足够。印象仿佛并不好,心头重负却卸去了。记得第二天,才有空去文津街,进国立图书馆。

现在想:什刹海不见算什么呢?没去看长城才是遗憾!啊,万里长城!去北京只不过几个钟头的火车。

万里长城,孩提时的脑子里就早已印上它伟大的影子了。读中国古代史,知道战国时候,魏惠王、燕昭王、胡服变俗的赵武灵王,都曾段落地筑过长城,来卫国御胡;秦始皇遣蒙恬斥逐匈奴之后,又因地形,制险塞,从临洮至辽东将长城来了个联络的修筑,广袤万余里;工程的浩大,那不是隋朝的运河,非洲的苏伊士所能比拟的。秦始皇焚书坑儒,建阿房,销兵器,千百年来在人们的脑子里留下的是一个暴君的影子。独独万里长城至今亮在祖国人民的心里,矗立在祖国连绵的山上,成为四千余年文明古国的标志。这不是因为万里长城是秦始皇的什么丰功伟绩,而是因为它是几千万古代劳动人民血肉的结晶!

曩昔,在万年书屋,听主人告诉:有一次趁京绥车,过南口车站,意欲去青龙桥,偶尔站台小立,顺了一目荒旷的山麓望去,遥瞻依地拔天的万里长城,那雄伟的气象,使你不觉要引吭高呼。嵯峨的山巅上是蜿蜒千回的城墙,是碉堡,是再上去穹庐似的苍天。山下是乱石,是谷壑,是秋后的蔓草婆娑。西风刷过,那一脉萧萧声响,凄凉里含了悲壮,令人巍然独立,觉得这世间只有自己,却又忘怀了自己。很记得,主人说时,从沙发椅上跳起来,竖起大拇指,蔼然的脸上满罩了青年的光辉。记得从万年书屋出来的归途,披了皎洁的三五月,自己迈的是鸵鸟般的大步。

又一回，一个青年画家朋友，谈到自己绘画的进步，说几乎像英国拜伦一觉醒来成了桂冠诗人一样，是逛了一次长城，才将笔法放开，心胸也跟着宽阔了的。那谈吐的神情，也简直令人疑惑他生生吞下了一座长城的关口。是呢，听说太史公司马迁周览了名山大川，文章才满蕴了磅礴的奇气。江南风物假若可以赋人以清秀的姿容，艳丽的才藻，塞北的山峦与旷野是会给人以结实的体魄，雄厚的灵魂的。啊，长城！

从山海关一路数去，你知道么？像喜峰口、古北口，像居庸关、雁门关，一个个中原的屏藩要塞，上口真要有霹雳般的响亮呢。一夫当关，万夫莫敌，守得住一处，就可保得几千里疆域。啊，真愿意挨门趋访，去问问古迹，温温古名将的手泽，从把守关口的老门丁和城下淳朴的住户那里，听取一点孟姜女的传说，金兀术与忽必烈的史实。但是我还没去！

朋友，你可想过，在长城北边，那黄河九曲唯富一套的地方，带一帮茁壮的男女，去组织一处村落，疏浚纵横支渠，灌溉田亩，作一番辟草莱斩荆棘的开垦事业么？那里地土最肥，人烟还稀。你可想过，在兴安岭的东南阴山山脉的南部那一抹平坦的原野，去借滦河、饮马图河的流水，春夏来丰茂的牧草，来编柳为棚，垒土为壁，于"马圈子"里剔羊毛，养骆驼，榨牛奶么？那工作顶自由，顶洒脱。不然，骑马去吧！古北口的马匹有名哩。凑煦日当头，在平沙无垠的原野里，你尽可纵身于野马群中，跨上一匹为首的骏骥，其余的会跟你呼啸而至的。不要怕那嗦嗦嘶声，那不是示威，那是迎迓的狂欢，你就放胆驰骋奔腾吧，管许将你满怀抑郁吹向天去。"毡幕绕牛羊，敲冰饮酪浆"，那边塞寒冬霏雪凝冰时的生活，你也想尝尝么？住蒙古包，烤全羊，是有它的滋味的。汉王昭君曾戎装乘马抱琵琶出塞而去；文姬归汉，也曾惹得胡人思慕，卷芦叶为吹笳，奏哀怨的十八拍。巾帼中有此矫健，难道你堂堂须眉就只知缩了尾巴向后退么？

唉，说什么，朋友，我还是没见过长城！在恨着自己，不能像大鹏鸟插翅飞去；在恨着自己，摆不脱蜗牛似的蹊径，和周身无名的链索。投笔从戎倒好，可惜没有班仲升的韬略。景慕张骞，景慕马援，但又无由出使西域，去马革裹尸。奈何！唉，"匈奴未灭，何以家为！"汉骠骑将军霍去病那才算有骨头！无怪他六出伐匈奴，卒得威震异域。

我还没见过长城！但是，长城我是终于要见见的！有朝一日，我们弟兄从梦中醒了，弹一弹身上的懒惰，振一振头脑里的懵懂，预备好，整装出发，我将出马兰峪，去东北的承德，赤峰；出杀虎口，去归绥，百灵庙；从酒泉过嘉峪关，去安西、哈密、吐鲁番。也想，翻回来，再过过天下第一关，去拜拜盛京，问候问候那依旧的中国百姓！

长城，登临匪遥，愿尔为祖国屏障，壮起胆来！

一九三六年二月十七日

阅读心得

这篇散文生动地表现了作者对长城的向往与敬仰之情，作者在文章中不断地喟叹"我还没见过长城！"，并激动地表示"长城我是终于要见见的！"，可见作者想要去见长城的迫切心情。长城是古代劳动人民智慧的结晶，是五千年文明古国的标志,它的外形雄壮伟岸、气势豪壮,能震撼人心、振奋精神,既是保卫家国的屏障,也承载了许多英雄的传说。在当时的历史背景下,长城依然伫立,而祖国河山却已受到侵略,破碎分离。作者借长城表达了自己渴望建功立业的豪情壮志,也对祖国的复兴与强盛寄予了信心,所以文章的情感显得激越而振奋。

写作借鉴

　　这篇文章的巧妙之处在于它的结构具有逻辑性,不是传统意义上的总分或者分总,而是围绕长城进行了环环相扣、层层递进的阐述。文章第一句话"真惭愧,我还没有见过长城",开宗明义,直接点明了文章的主题。但接着却笔锋一转,转而介绍作者去过的北京的其他地方,自然地引出了没有去过的长城,接着引经据典,介绍了长城的历史与文化意义,并讲述了万年书屋主人和画家朋友对长城的描述,从多个角度丰富了长城的形象。作者虽然没有去过长城,但是经他的叙述后,长城好像跃然眼前。作者的语言与情感也随着叙述的深入不断变化,从遗憾的喟叹到最后发出激越的宣言,情感不断加强,豪情壮志鼓舞人心。

第二编

记乱离

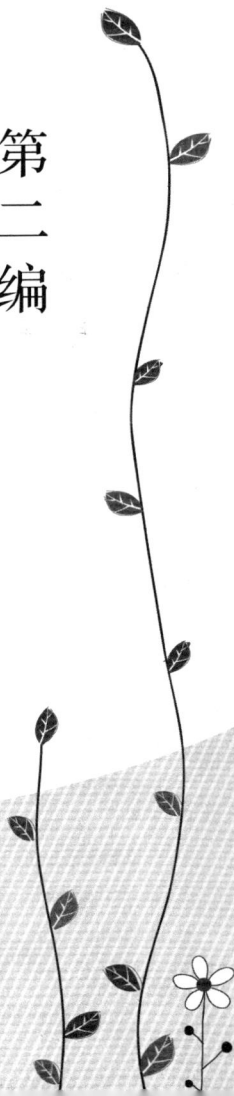

记 乱 离

名师导读...

　　我们幸运地生活在和平年代，能够安心地成长、学习，实现自己的梦想。而在 20 世纪 30 年代，中国正遭受着战争的浩劫，老师和同学们不得不承受苦难，早早地担负起民族复兴的责任。跟随作者的回忆，我们能从中窥见战争的残酷与痛苦，更加铭记民族战士的英勇奉献，对于当前的幸福生活更加珍惜。

【比喻】

　　将动荡年代的生活变化比喻成白云苍狗，形象地表现出在战争的影响下，人们面对动荡生活时的慌乱与不安。

【动作描写】

　　从"摸索"一词可以看出，为了生存，四百多师生在凛冽的冬天，早晨摸黑出发，动作小心而谨慎，从侧面营造出肃穆的氛围。

　　告诉你们哟，离散了的学生们！在一个月前还被你们偷偷地呼着"青年校长"的人，现在是穿了一身"二尺半"，披了一条武装皮带，变成一个不折不扣的军人了。在每个人不与死搏斗便不能活下去的这伟大的时代，生活的变幻真像白云苍狗，放下书本，扛起枪杆，正如瞬眼前的高楼大厦瞬眼后沦为断井颓垣，是莫可预测的。须知这一九三七年日寇发动的侵华战争，是我们神明华胄五千年来空前的浩劫，凡是黄帝子孙谁都有份，谁都无可逃脱的。

　　我们，四百人，为了救亡，将我们的学校，那和平日子弦歌的乐土，忍着痛白白地抛弃了。总还记得吧，出发的那天早晨，大家冒了大雨后仲冬的寒冽，鸡叫就起来，不点亮灯，彼此摸索着收拾行囊，四百人竟也听不到一点什么杂乱的声息。沉闷是那时的悲歌啊！一声集合的号音，将我们赶到广阔的操场去，记得微茫的星光下，黑黝黝整齐的队伍里发出了多少悲壮的嘘唏。我们不是也点了灯去礼堂么？举行休业式，顺便也互相话别。记得静默后大家不约而同地呼"中华民族万岁！"那响彻霄汉的声音，真足振顽起懦，吓破敌人的狗胆。说什么话的时候，告诉你们不要难过，偏偏几个女孩子要嘤嘤地哭出声来，弄得大家都禁不住落了眼泪。仿佛已别离了多久，各人心里都充满了拨不开的想念与委屈似的。后来我们终于出发了，校门前大家郑重地举手敬礼，落在"枪在我们的肩膀"那歌声后边的，是那么整齐的房舍，精致的校园，满藏的图书仪器，同千万种回忆与怀念。那时，你们每个人心里都在问着吧，"什么时候回来呢？""什么时候大家再在此相见呢？"也说："亲爱的学校！亲爱的先生同学"吧？路慢慢地远，心也慢慢地沉重起来。不是？频频回首，"挥手泪沾襟"了。

离开学校，命令是集中训练，从东海边岸以产梨著称的莱阳到临沂去，旱路是七百里遥远，代步的虽也有脚踏车，但大半却只能步行。记得晓行夜宿，风霜苦辛，凡过即墨、高密、诸城、莒

【反问】

通过反问的运用，使语气更加强烈，情绪更加饱满，引发读者对作者当时的种种遭遇产生共情。

【疑问】

不断发出的疑问，使情感显得迫切而真实，生动地体现出师生们对朋友、对校园的恋恋不舍以及对未来的迷茫与担忧。

县，整整走了九天。脚上磨起泡来的，嘴上生起疮来的，比比皆是。可是你们都不以为苦，觉得同前方枪林弹雨中浴血抗战的将士比，算不了什么。看看你们风尘满面，走路一瘸一拐的样子，偏偏又笑着说那种"不累不累"的大话，真觉怪可怜，但又是多么喜欢人的青年的心啊！只要同你们在一起，仿佛什么疲劳都可云消雾散，什么懒散人都该奋发鼓舞似的。

【比喻】
把当时的心情比作火上浇水，充分表现出作者对山东长官不负责任的气愤，对当时种种不公遭遇的失望。

可是临沂的集中，使我们失望了。<u>混蛋的，只知逃退的那时的山东长官，不给训练的经费，没有训练的计划，不派负责的人员，像烈火上浇了冷水一样，人们的心全灰了。</u>那时候，前面是火急地需要工作，周遭却布满了那样多牵扯的绳索；你们抑制不住内心的热情，胸际的郁闷，你们继续地前进了。有的去西安，预备参加八路军，那曾用游击战获得辉煌胜利的队伍。有的去洛阳、开封，准备学驾驶飞机。也有的到徐州加入了某战区的军队。记得你们走的时候，与你们分别作过彻夜的长谈。把各种将来会遇到的困难详细说给你们听。问你们，钱够不够？你们说："不要紧，我们有双脚跑路，有两手做工，只要劳动就有饭吃；万不得已，流落为乞丐也是情愿的。"问你们可会想家？你们说："国还顾不了，要家干什么！"那回答里流露出的铁一样的意志，问话

【设问】
多个一问一答的设问句，句式整齐，富有节奏感，字里行间充分体现出了老师对学生的关心和学生们相信未来的坚定信念。

的人倒觉得惭愧了。告诉你们,到外边自己就是自己,身体要格外注意,该吃的时候好好地吃,该睡的时候好好地睡,乍寒乍暖是没人关心你的。旅伴就是弟兄,团体就是家。记得那时你们一壁笑着答应着,一壁眼里却含满了泪水。又后悔在那离乱的时候说那些触人伤感的无聊话了。实在人们相聚太难,相别又是那样的不容易啊!想起了将你们一个个从慈爱的父母手中领出来,却随便地将你们撒手遣散,内心着实负疚太深。若不是一颗铃记的责任拴着我,我真愿意带你们走,管它是天涯还是地角!总觉大家在一起,即便互相关照是小事,至少可免掉悬悬之苦啊!常常想:你们虽都已将近成年,总还是些孩子;没自己跑过三百里以上的远路,没有半年离开过亲友家乡,能做些什么呢?真怕你们带的那一点点钱用尽了,前路又渺渺茫茫的时候,会遭受什么委屈和苦困。

　　你们走后,在临沂有几天我像失群的老雁,又像一个勤苦的老农离开了他的锄头和田园,流不出眼泪,也唱不出歌。孤寂、烦闷、无聊,使我犯了日常劝止你们的那些坏习惯:喝了两次酒,也吸了够多的纸烟。后来,你们远远从西安寄信来了,我才稍稍高兴了一点。那长长的信里,说你们怎样乘免费火车,又怎样步行;翻山越岭,走

【心理描写】
　　运用心理描写,表现了作者对学生们的担心,因为自己没有照顾好他们而感到深深的自责。

【比喻】
　　运用比喻的修辞手法,将自己比作失群的老雁、老农,生动形象地写出作者与学生分别之后的孤寂、苦闷与惆怅。

过多少崎岖的路；早起晚睡，吃过多少异乡的苦头。怎样遇着敌人的飞机，躲飞机将护身的借读证书都失掉了。又怎样宿野店，逛古迹，遇散兵……读你们的信，一会喜悦，一会兴奋，一会悲酸，心绪真复杂得无可言说。当时曾按你们告诉的通讯处写过回信给你们，不知收到没有？翘首云天，令人悬念不止！

告诉你们啊！现在我也同你们一样，远离乡井随军工作了。家乡正因了敌人的节节进逼，同"青天"军队的望风逃窜，受着非常的摧残。敌人铁蹄下的我们的父母兄妹现在怎样的情形，真不敢想。每每读到报纸上敌人奸杀焚掠那种种兽行的记载的时候，辄令人心痛如割。且让我们将愤恨记在心里，变成一种与日俱增的诅咒，让复仇的手臂，握紧了锋利的刀枪，对准敌人的头颅厮杀吧！

入伍来虽不过二十多天，经历却颇多新奇、紧张，值得记忆的事。将来有机会，愿意一件件告诉你们。写这些话的时候，我正在淮河舟中，带了一帮像你们样的男女新兵向寿州进发。昨天在正阳关，听旅馆隔壁一个剧团排演《放下你的鞭子！》，唱各种救亡歌曲，令我特别想起了你们。因为他们每一句剧词、每一曲歌声，都是你们曾经演过、唱过的。"先生，你不知道一个人挨饿的时候那种疯也似的心情啊！"香姑娘这句话

【正面描写】
从正面直接写出敌人的凶狠残暴，表达了作者对家乡亲人的担忧和对敌人的憎恨。

【语言描写】
引用回忆中的语言，借香姑娘之口表现出对学生们的想念。

该还熟悉吧,可是我们扮香姑娘的漱芳同学哪里去了呢?"起来,不愿作奴隶的人们!"《义勇军进行曲》的声调,也是沿途处处听得到的,然而我们的救亡歌咏团却风离云散了。想来真不胜浩叹!啊,人生是什么奇怪的东西呀!它给你快乐的时候,同时也给你预备下够多的痛苦。今天说着笑着的人们,明天也许就相对哀哭。要末就将心肠变硬些,不然,在这吃人的世界,这险恶的旅途,微微脆弱一点的人是会发疯的!

你们身体都很好吧?都在参加着什么工作?一块出发的人也还都在一块么?想家来着?疲劳的夜里可有故人的梦境?——寿州城北八公山,是晋谢玄击败苻坚的地方,当年风声鹤唳,草木皆兵,苻坚败得的确够狼狈。我们在这里,差不多天天有敌机空袭,危险是很危险的,可是我们也有着下棋等捷报的谢将军的从容与镇静啊!单等那一天,同敌人来一次淝水之战,让去苻坚还差千万级的侵略者片甲不回!

一九三七年底

【疑问】

连续的疑问句,加强语气,表达了作者无时无刻不担忧、牵挂着学生。

阅读心得

这篇文章的写作背景是1937年,当时日寇发动侵华战争,中国大地遭受了空前的浩劫。吴伯箫为了保护学生,带领200多名学生从莱阳迁到了临沂。文章用回忆的形式讲述了作者和学生分离之后,对学生的牵挂以及对未来的迷茫,字里行间都表达出作者对学生们的担忧和想念。整篇文章语言真切,触动人心,体现出作者当时无尽的悲伤和对命运的感叹,同时也体现出作者对学生的鼓励和对未来的信心。

写作借鉴

作者曾说过,"说真话,叙事实,写实务实情,这是散文的传统"。这篇散文的动人之处也在于此,我们虽然没有作者当时的经历,但是跟随着作者的视角,穿过硝烟、穿过炮火,却仿佛亲历了战争的浩劫,真切地感受到了那个年代的悲伤,还有对民族战士们最崇高的敬意。作者对人物情感的细腻描写来自心底最真实、最直接的感受,身处战争年代,离开熟悉的家乡前往未知的远方,对所有人来说都是极其不幸的,这种对未来的恐惧深深地笼罩在众人心中强烈的情绪,我们通过作者的内心独白不难看出人们心中。但在恐惧之余,我们也能从作者的文字中感受到为了家国大义勇往直前的坚定信念,这是那个年代最真实的情绪与情感,文章的主旨便在这种情感中被生动地表述了出来。所以在散文写作中,一定要注意真情实感的流露,真情实感不仅能够让读者有代入感,更能让读者倾听作者内心深处的呐喊,使读者与作者之间形成良好的情感交流,使文章更富感染力。

夜发灵宝站

名师导读...

抗日战争时期，中华大地遭受炮火侵袭，灵宝火车站就是其中最真实的缩影。我们能够从灵宝火车站的遭遇中，得以窥见战争的残酷与惊心动魄。

东开的辎重汽车，在函谷关下被阻于弘农河窄窄的木板桥，我们便有了在灵宝车站改乘火车的机会。啊，阔别了八越月的火车，睡梦里都是汽笛的鸣声呢，像对人一样，热切地想念着。

时候是初冬，一九三八年十一月十七日。

灵宝车站，北面正对着与铁道平行奔流东去的黄河；黄河水翻滚着混浊的泥浆，忿怒似的发着汹涌汩汩的声音。天气是阴沉的，傍晚时分而看不见夕阳，风不大却遍天弥漫着黄腾腾微细的尘沙，又清冷，人们的心情也就极容易凄切冷寞了：像有家归未得。

在这种乡僻野站，惯于行旅的人该会记得吧？承平年月风和日丽的时候，一定是：打扫得清清楚楚，在碎砂铺就的站台上，来往踱着穿了青色制服的路警，那么干净利落，迈着匀整的脚步，皮鞋踏地发着踏踏的声音，再配合着哪里传来的一两声口哨，候车人，哪怕是辞家远别呢，心里也会透上一脉轻松。车站旁边少不了摆几个小摊，卖花生，卖糖，卖冰糖葫芦和纸烟，吆喊着，竞赛着嗓音的嘹亮，专等那些出门大方和候车感到无聊的顾客。车尽不来，三等候车室里无妨"摆龙门"，唱二簧；一听电话的铃声响了，呜呜的叫号吹了，白天打了红绿旗子，夜里提出了红绿灯，人们这才争着买票，扛行李，向站台一哄挤去……

于今，那情形已成了梦境了。回忆里该是温馨的。一想到"坐火车了"，你绝不会相信这段陇海路上的火车是你可以自由乘坐的唯一的火车。这站上荒凉的情形也正是中国各条铁路各个车站一般的情形：票房没有了门，没有了窗子；递票的地方是用破碎的煤油木箱拼凑起来的。候车室没有顶，整个的露着天空。屋角落里过去是安放公共坐椅和痰盂的地方吧，现在却堆满了砖块同瓦砾。指示站名的路标，只剩了"车站"两个字歪斜地挂在要倒的柱子上。站台上看不见穿着整齐的路警，也不见戴了黄箍帽的站长那样的人物。没有小摊，没有红帽子行李夫，只零零落落三几个候车人，兵、难民，在焦躁而又忧戚地徘徊着，在小声咕噜地说话。比较嚷得高声些，话也仿佛津津有味的是一位胖胖的站务司事。

站务司事，矮矮的，胖得眼睛挤成一条细缝，说话时脸微微向上仰着，腰挺得很直，短短的两只手臂交握在背后，一顶漆光的黑军帽，一身蓝布制眼，告诉着他的身份和履历。当你走过去的时候，你可以听到他正在回答一个旁边人的问话：

"……这不是飞机炸的，是隔河炮轰的，足足放了三百多炮。一炮打中了水塔，你瞧水塔全毁了；一炮照着候车室过来，就将这候车室的顶盖给揭去了。"

说着，一一指给你，并告诉你隔了黄河的东北方，那一抹树林后边的高地就是敌人的炮兵阵地。

"这里来过飞机吗?"有人问他。

"来过,可是没有下蛋。这里老百姓不怕飞机。说:'喜虫(麻雀)满天飞,有几个把(屙)在人的头上!'大炮却不同,因为领教过了;不过慢慢的习惯了,也就不觉什么了。反正敌人放炮,咱就躲开;敌人不放了,咱就再回来。想到这边来是不容易的;黄河是天险,老百姓是血肉长城。"

站务司事言谈间是饱经世故的神气,自信力极强,兴致很高。

"车站被轰的时候伤人没有?"又有人问。

"怎么没伤人!吓,二月十三那天是敌人第三次放炮,老李躲在水塔底下,不是炸得连尸首都找不着么?——真惨!这碑上贴了个耳朵,那树上挂了半截腿。您不知道,这墙上一块块黑糊糊的地方就都是当初炸飞了的碎肉。

"说来也该着。十二那天,二十七次车刚到,隔河的炮就响起来了,轰隆!轰隆!客人跑了个精光。两个护路的弟兄说我们也躲躲吧,这时候不会出岔子。谁想两个人脚刚刚踏上站台,就着了一炮。一个弟兄当场死了,又一个受了重伤连半点钟没能挨过也完了。老李那天还从他们身上摸出来一颗怀表,两张五块钱的交通票,谁想第二天他也跟着走了。……"

"啊!"四围听的人摇摇头,沉默着,正替牺牲了的人表示无限的哀悼与感触的时候,站务司事却又换了另一种语调说了另外一些事:

"哼,什么世道啊!我十五岁吃火车饭,现在五十五,整整四十年了,从没过过这种日子。内战打过多少,却总是前线弟兄们拼，绝不会乱杀乱砍，老百姓也跟着遭殃。谁怕过！现在世面却见大了。

"就说这火车，那会见天价准时到准时开；蓝钢皮，头二等卧车，那才叫体面。于今好，连铁闷子，敞篷车还都不按钟点……"

天黑了，夜幕盖下来，也刮起了凛冽的风。

是的，去年年底徐州到蚌埠我走过津浦路，记得那时为了避免敌机轰炸趁夜才能开的车，多半是载运难民同军队的。随了军队开拔的那天夜里，候车的时候看见偌大一个车站，站台上却只能找到一两担卖烧酒的摊子；摊子上点一盏灯笼，生一笼火，算是左右的光亮，够黯淡了。人，乱嘈嘈的，杂沓得很。虽也有说笑，总觉无限寂寞与凄凉。望望天上的星，冷冷的，满怀说不出的凄苦。

今春过郑州，正赶上午夜；独自一个人，下车找不到行李夫，找不到车子，孤单得仿佛整个车站就只你一个从那里飘来的影子。车前两颗妖怪眼睛似的灯，射着惨白的耀眼的光，躺在光波里的是车站两旁被炸得东倒西歪残破的街屋。随便碰见一个什么人，问问他：

"这里旅馆都在哪里？"

"哪里还有什么旅馆，靠近的房子差不多都炸平了！"掷过来的是这样冰冷的不耐烦的回答。

像做着噩梦一样，跟着只能吃饭不能留宿的小饭铺里的伙计，走到荒野里草草搭就的席棚里，好歹混了半宿；豆大的灯光下写信给朋友的时候，疑惑自己是误入荒冢的孤魂，几乎发了疯。

也是今年春天陇海路上坐胶济车，正遇着一个胶济铁路的工人，同他靠车窗谈起青岛来，像数家珍，他告诉我那辆车厢的故事。他说："这是当初做过'国际列车'的，夏天避暑的时候，由青岛可直通北京。坐垫做得特别讲究，特别软。头等车不算，额外有卧车，有花车、游览车；还有洗澡间、吸烟间。……到车上来，真是什么都有了，住家也没有那样便当，那样舒服。现在好，人失了业，车也落脱到这个样子了。"

他忽然转过脸去，用手抚摸着车窗的玻璃，尽自向外望着；看得出的，他眼里满是眼泪！

唉，我们的地方，我们的人啊！为什么被那些野兽如此的践踏蹂躏？多少事实激动你，心狠，真足将牙根咬碎！无缘无故就跳了起来的事是常有的。然而那时轰炸罢了，侵占罢了，自家的铁路终还有几条可以往来畅达啊。如今，如今却只剩了这陇海路的半段！可是，剩了这半段铁路的今天，我倒感到那些时候感情太脆薄，心肠太软了。

现在我踏着的是到火线去的路！

啊，灵宝车站，别了，车厢里摸索着向渑池进展。

已是夜里。车厢里真黑，什么亮都没有，仿佛连听人说话也要摸索着听似的。也只有摸索着听人说话了。不像平时，看秀美的面容，看打盹人的姿态，看书报，看沿途风景。现在真是一无可干啊！——刚好，有哪个部队里一位操四川口音的副官或传令兵一类的小伙子正在演说八路军呢，传奇一样，有枝有叶的，听来很有味道。

"……我亲眼见过朱师长，脸黑黑的，穿得破布褴衫的，戴一顶鸭舌帽。经常连个护兵也不带，就出来和老百姓一块儿晒太阳谈天。——哼，从前还'围剿'，好容易，四下里围得紧紧的，水泄不通，以为这回可跑不了啦吧？却不知他老人家早已挂着小拐棍慢步逍遥地走了。从你眼前过，还抬头看了你一眼，你却不知道。

"人家真行：说打日本，就打日本，自家人无论多大仇恨，都一笔勾消。

"人家本来好么，无论官兵夫，一律待遇：每月一块钱饷，就大家都一块钱饷，小兵一块，师长、旅长也一块。

"人家打仗也算凶，敌人明明知道八路在那里，飞机大炮一齐冲过去，却扑了个空；八路倒是从敌人屁股上打来了，一来就给他个全军覆没。慢慢地日本人听说有'老八'就跑。问：'有红红的么？'有，屁不敢放就溜了。这样老百姓学了乖，见了敌人就说：'红红的，多多的有！'敌人连站都不敢站，掉头就跑。

"日本人说'八路军神出鬼没'；老百姓说'八路军满天飞'：你说厉害不厉害！"

听见了听的人们的笑声，才知道这位"八路通"已成了黑暗里半车人倾听的中心。

黑暗中希望在每个旅人的心里抬了头，自己的忧郁也不知到哪里去了。车突突地向前冲着虽然还是夜里，战地却在眼前开了花。血腥的敌人后方，变成了无畏者的乐园。

一九三八年十二月一日，潞城，故彰

阅读心得

1937年7月7日全民族抗日战争爆发之后，吴伯箫毅然决然地投入到了中国抗日救国的洪流之中。他从延安奔赴晋东南抗日前线,在那里度过了 6 个月的战地生活。这篇文章是他经由灵宝站换乘火车到达一个叫潞城的地方之后,回忆半月前在灵宝火车站看到的情景写成的。整篇文章都能表达出作者面对满目疮痍的中国大地流露出的心酸和无奈。

写作借鉴

环境描写是散文写作的常用手法之一,恰当的环境描写能够渲染气氛,推动故事情节的发展。这篇文章的环境描写十分值得借鉴。文章一开始就清晰地交代了改乘火车的原因和具体时间,作者眼前浑浊的黄河和看不见的夕阳正是当时国家情景的缩影,恰如其分地表现出作者对国家命运的忧心。灵宝车站的凄凉景色也是当时中国的又一个缩影,火车站遭受炮火的轰炸,早已残破不堪、毫无秩序,站务司事口中对炮火心惊肉跳、血肉模糊的描述,都生动地展现出整个中华大地遭受日寇袭击的真实情景。整篇文章用大量的语言与环境描写,清晰地刻画出中华大地狼烟四起的惨烈景象,表达了作者对侵略者的憎恶以及对国家命运的担忧,情景交融之中,也使读者产生了强烈的情感共鸣。同学们在学习写作时,也应当适时地使用环境描写,将自己想要表达的情感与独特的环境相结合,使情感表达更加生动,语言更具有说服力,更易引发读者共鸣。

马上的思想

名师导读 · · ·

当你在圆月悬挂的夜晚骑马行进在山岭上，你会想到什么？你会感到孤寂还是兴奋？让我们走进《马上的思想》，共同探索作者丰富的内心世界。

月亮上升了。是很好的团圞月。

紧一下辔头，我愿意就驻马在岭上，望一望十里外那几盏明晃晃的煤汽灯的灯火（老五团正在那里举行誓师晚会）。夜深了，大地像熟睡了的巨人，那几团火光，正像巨人胸膛里活活跳动的心脏。我也觉到我的心的跳动了。兴奋得很！

变敌人后方为前线，继续东进！

我在想那一幅悬在誓师台前又长、又宽、又遒劲博大的红字横额。它像用了雷霆一样的大嗓音在喊，呼唤着驻扎在村落里的队伍，当太阳还没落，就带着四野进军的歌声集了拢来。一个个战士都收拾得头紧脚紧，全套武装都披挂起来了：枪背在肩上，手榴弹插在胸前；折叠得方方正正的军用毯——那份多单薄的家当，黄色的，是从敌人手里夺来的胜利品——紧紧驮在自己的背上，作光荣的标记。就要出发的样子，轻机关枪、重机关枪、战炮，也都调出来了。那位有名的瞄准放射百发百中的"花机关连长"可就在这里边么？其实每个人都是在弹雨里洗浴过,都有千百个英勇的故事藏在心里的。

老百姓也跟着那样忙,有的还没吃完晚饭,端着小米饭碗就出来了。老头、小娃、妇女。——好邻居,好弟兄要走啊,都仿佛想用一番留恋的热情像送别家里人似的来看看他们。

有这么一幕,这北村南郊的一带麦田也应当引为光辉。

人到齐了。歌唱着。

"妈,那就是朱总司令,你看多好啊!"

我永远忘不了,那个十一二岁的小女孩,扯着母亲的衣角偷偷地告诉的那句话。实在,旁边的人谁不小声喊喳着说呢——带着惊羡和叹服,当台下涌起掌声、欢呼声而台上出现一个老兵的时候。那老兵稳稳地站着,双手握在胸前,为了内心的欢喜而蔼然地笑着。——那就是敌人听了发抖的朱德将军。

他是特别赶来给他亲手训练起来的队伍讲话的。

士兵们爱他。提起来都叫他"朱德"。老头子是平常一起打篮球的人啊,为什么要客气呢?真是,朱将军怕是最没有架子的平凡的伟人了。西安到灵宝的路上,我见他坐载重汽车,穿一身灰布军装和汽车司机挤在驾驶室里;华阴县岳镇的北关头上,同警卫员一块吃煮白薯,吃带芝麻的关东糖。从他毫无骄矜的谈吐,纯任自然的态度,谁知道他就是千百万人常常念叨的人物呢?灵宝到渑池坐夜车,悄悄地走过,连站长都不晓得……

"因为战争关系,很久不见我们的总司令了!"

台上这样一句介绍的话还没说完,你听"欢迎我们的总司令!"台下已荡起潮水样欢呼的声音了!

"亲爱的同志们!"对士兵像对家人子弟,话说得那么亲切。"很久没有同你们讲话了,很想看看你们,和你们谈谈……"但又一阵欢呼打断了他:"接受总司令给我们的指示!""我们要大踏步地到前线去啊!"欢快兴奋的声音拥抱了他,他被卷在声浪的中心,被涌在声浪的顶巅,很久很久他才能再继续他的讲话。

将军的话该讲得很长吧?趁夜还没深我却先离开了。热情鼓荡着我,使我兴奋、快乐,在迎着北风奔驰的马背上,我眼里洒下滚烫的泪了。我笑,我感动,我深深体会着士兵们狂热的感情!

月亮上升了,我愿意驻马岭头,再往远处眺望眺望。望那几团明晃晃的灯火,和灯火下黑黝黝的带着灯火样燃烧的心的人群。我也是带着留恋的心情的。想想今夜他们还聚在这里,听自己领导人的报告;明天,也许就是明天的黎明,他们就要翻过一重一重的高山,一条一条的长河和敌人的封锁线,绕到敌人的后方,绕到东海边,去与敌人作艰苦的搏斗。什么时候再在这里聚会呢?什么时候再听总司令的讲话呢?我知道总司令的嘱咐,总司令的笑貌,将是士兵们永远的记忆和骄傲;像小孩子小心握在手里的糖果一样,士兵们会将它深深地埋在心里,一直到胜利的时候。

啊,晚会的节目快开始了吧?为慰劳战士们、欢送战士们,总部的火星剧团要演戏给他们看呢。剧团的一帮小同志,每个小小的灵魂,都肩负着一个大大的使命。他们要以跳舞的活泼,给战士们的生活,苗出两只翅膀,安上两条桨;他们要以精悍警策的剧情,给战士们忠贞坚定的意志,加一把锁,垒几重基石。

他们给原就快乐的以更大的喜悦,给原就英武的以更高度的勇敢,给……就因为这些,我愿与每个小小演员,作亲密的握手,留永远的记忆。

你看啊,他们将三个小孩坌一架飞机,另三个小孩做一个骑兵,海、陆、空三支军队联合起来,敌人跟着就垮了。——他们将扮演一出《死里求生》,描写一个顽固的乡下老头子,不听儿女的劝告,敌人来了还不逃走,反而听汉奸拨弄去欢迎"皇军";结果女儿被奸杀了,自己被绑在柱子上给汉奸打死了。惹得敌人嬉笑:"支那人打支那人,大大的好!"被逼了去杀自己的父亲的老头的儿子,也因不听指使被敌人打伤了。直等游击队来,他才挣扎着把汉奸打死,而死里求生,参加队伍。

我眺望着,像眺望故乡;待拨转马头再继续我的归程时,我的心为惆怅而沉重了。——这时候我才觉到月亮是那么冷清。冬夜的雾霭弥漫在大地上,苍茫如一片汪洋。村落、丘陵、远山、近树,浮沉在雾气的海中;缥缥缈缈的人像在梦中游行。衣服潮了,马镫上的脚觉到了冰冷。山坳里会有饿狼溜过吧。天上不时有光——划过去的流星。人们都睡了,连一声犬吠都难得听到;若不是还有哒哒的马蹄声做伴,我真不知道我是一个鬼魂,还是一条生命。

夜,的确太静了。

马是一匹日本马,是战争中的俘虏。腿长,颈细,头小。走起路来昂首阔步,像它的故主带些趾高气扬的神气。慢,又颠簸,骑着真不舒服。是谁说来呢?"像一个大姑娘。"这马若是在日本,春天来姑娘们骑了看樱花,不该是骏马美人很值得艳羡的事么？不想，法西斯蒂的侵略战，带累得连畜生都被俘虏了。幸亏这样的俘虏多得很，不然，就是马也会感到异乡的寂寞呢。

想起了一个日本马夫和一只鹦鹉的故事。

故事是敌军工作部长告诉的。事情见武乡战争中缴获的敌人的日记。写日记的人名叫田野谆助。日本高等商业学校的毕业生。在国内曾当过公司职员。被征调出来当的是辎重兵的马夫。人还是爱好文学的呢——

> 如果是能飞的鸟，
> 或是能飞的东西，
> 快快越海到日本，
> 那里有妻在等待。

他思念家乡，在日记里曾留下过这样的诗句。关于鹦鹉，是他们部队开到武安的时候，一九三七年十一月间的事。

"吃饭后到街上散步，"日记上这样写着，"到一家药铺，里边是空虚的。只有一只鹦鹉在那里叫。家里一个人也没有。鸟在笼子里跳着。"

"鹦鹉啊，"到这里，马夫记下他对鹦鹉讲的话，"昨天还是挨着你的主人，现在你主人是死了么？还是到哪里去了？任大风来摧残过的你的主人的家，现在肃然无声，只有你什么也不知道地跳动着。但是一会儿你也许要感到饥饿吧？——战争不但使人类痛苦，并且使你也为人类之痛苦而痛苦。

"鹦鹉啊,你不知道昨天的战事吧?——好吧,让我来养活你吧。"

就这样他把鹦鹉带走了。

在另一篇日记里,这位田野谆助还写着:

"以后我不说话了,病从口入,祸从口出,以后我只写下来。"

说不定是一个厌战的多言的人。

田野谆助凑巧是一个马夫,我骑的这匹俘虏马是否就是他照管过的一匹呢?谁知道!扬州,日本兵在作为营妓的慰劳所里曾嫖到过自己的老婆,碰巧事原很多啊!

田野君的日记落在我们手里了,那是打扫战场从尸体上搜到的。被他所收养的鹦鹉呢?他的在日本等待着的妻呢?……老五团要开往山东去了,斩获怕不有更多的日记,更多的马么?

近午的月亮是皎洁的,纯净的。

在马上,我却觉到日本军阀的掌握下是一片黑暗。

一九四〇年十一月改武安下站稿,杨家岭

阅读心得

这篇文章以《马上的思想》为题目,行文围绕着作者在马上的一系列回想和思考而展开。作者骑在俘获来的日本马的身上,看着远处誓师的灯火,想到了战争中的百姓、想到了朱总司令、想到了即将赶赴前线的战士们,为他们即将面对战场而感到兴奋和担忧。回程的途中远离灯火,作者在黑暗中感受到了深深的孤寂,想到了自己的故乡,内心不禁一片惆怅,又回忆起田野谆助的日记,为战争带给人的灾难感到深深的无奈。最后,在冷清而皎洁的月光下,再一次感叹了日本军阀统治下的黑暗，点明了文章的主题。文章以作者的所见、所感、所想为线索，从不同层面描述了日本军阀统治下的黑暗，表达了作者复杂的内心情感。

写作借鉴

心理描写是指在文章中，对人物在一定的环境中的心理状态、精神面貌和内心活动进行的描写。通过人物的所思所想，使读者透过人物外表，看到人物的内心世界，同时也使文章的中心更加突出。本文的主题是"马上的思想"，因此，文章运用了大量的心理描写来阐述作者的思想活动。作者看到誓师晚会的灯火，感到兴奋；想到朱德总司令，感受到了炙热的感情，内心充满了留恋；又想到战争的残忍，心情又变得惆怅而沉重；最后想到了日本马夫的遭遇，感叹日本军阀统治下的黑暗。细致入微的心理描写，不断随着作者所见、所思而变化，使文章的情感细腻生动。同时，作者还将心理活动渗透到了景物之中，从一开始"很好的团圆月"到"月亮是那么冷清"再到最后在黑暗的衬托之下，月亮是"皎洁的，纯净的"，作者对月亮的情感，随心境的变化而变化。景物与心理活动的呼应十分巧妙，使文章的情感表达更加丰富。同学们在进行心理描写的时候，既要注意心理活动的变化，将情感描写得细腻生动，也要学会借助景物烘托特定的心情，让文章的情感更加生动感人。

响 堂 铺

抗日战争期间，响堂铺曾经历了激烈的战斗，惊心动魄的战场与触目惊心的伤害都已过去，但战争带给了我们什么？这个问题永远值得我们深思。

一九三八年三月三十一日八路军以一个团的主力在响堂铺截击敌人一百八十辆汽车，于短短三小时内解决战斗，整整毁了它九十三辆，得获全胜。当时报纸上曾小小的写过一笔，关心抗战史实的人们该还记得清楚吧。隔年的一月十一日我们凑巧经过那里，并在那里留宿一夜，亲眼看了那光荣的战绩，我对战斗虽无半点汗马功劳，但想来是觉得荣幸的。

从山西境的黎城去河南涉县境的响堂铺，必须穿过东阳关。东阳关虽比不上迤北正太路上的娘子关或再北的平型关、雁门的底险要，但就地势说起来，也是山西通冀豫的孔道。太行山的主脉，在此弯弯曲曲横断为两壁悬崖，稍东的五候岭、关东坡，都是乱石层截，呀洼垤穴，直到作为古壶口关的小口村，几乎没有一步路是好走的。每当冰天雪地的时候，行旅跌蹶损折牲畜是常有的事。所以当地人都目为险路。作为晋豫分界的那一拱石门上也题有"天关叠嶂""地设重关"那种字样。真的若能在这里设置重兵，好好把守，即使敌人有飞机坦克骑步炮兵，想进关是不大容易的。可惜抗战初期驻扎在这一带的骑兵步兵没能防御得稳，与敌人稍事接触便即退去，致使敌人得于去年春天攻克了东阳关之后，便尔长驱直入，而黎城、潞城，而武乡、长治，形成了九路围攻晋东南的局势。惯于吹牛的敌将一〇八师团的旅团长苦米地也竟吹起了"踏破太行山"那样的大话。

现在自然是已经将敌人打出去了。到今天为止，晋东南八十余县已过了十个月敌人后方战斗中的太平日子。追源其始，别的部队不说，八路军一二九师的几团人是尽过他们英勇的努力的。譬如有名的潞城神头战斗，作为粉碎敌人围攻主要战斗的长乐村之役，同这断绝敌人给养的响堂铺战斗就是例子。

从去年一月起到三月止，敌人从平汉线过武安、涉县这条大路运给养弹药者也不知多少次了。涉县东阳关都住得有敌人不少的队伍，专门护持这条交通要道。三月三十一日以前我们八路军早已探听明白，瞧好了，那天会有敌人大批汽车要照常由响堂铺向西进发，便于三十日夜晚将队伍部署好，以两团兵力把住驻扎黎城东阳关的敌人，钳制其增援；以一团埋伏在响堂铺迤东神头河南的两岸高地，封锁消息，严阵以待。当时请了很多参观战斗的来宾，登在道南最高的山头上。打仗还请人参观，这不是轻易来得的事情，非胸有成竹指挥若定是办不到的。

果然，三十一日早晨八点就有敌人来了。听说先是两辆小坐车，大概是先遣的侦察之类。到神头河，先下了汽车，拿望远镜照了照，仿佛没看见什么，便放心地上车开过去了。我们沉默着,等着,小鱼过去就让它过去,我们撒的是大网啊。后边才是大溜呢。汽车接二连三地开过来,数目是一百八十辆。过到正好的时候。我们这边才收网,命令下来,接火,砰嘭一阵手榴弹,接着一阵机关枪,两边的山峰正好用回响助壮了我们的声势。九点开始射击,到十二点熄火,总共三个钟头,敌人连还击都没有来得及,就解决了战斗。功果圆满之后,我们队伍很快地拉上山去;运走的是平射炮四门,重机关枪十八架,弹药无算。来不及搬的汽车上的东西,纵火一烧;烧是容易的,汽车上现成的有汽缸汽油。十二点,我们的人撤净了,预料到的敌人派来了十二架飞机,砰零嘭隆狂炸了一通,炸弹通通投到神头河里,正好,我们没烧完的汽车他们来找补了一下,全炸完了。事后查查,不多不少,九十三辆。

敌人跟汽车来的,跑掉的不多,每车以六人计,数目也该相当大吧?我们呢,截击汽车的一团人简直没死伤什么。等着打敌援的两团人倒是同从东阳关出来的敌人对山上堡垒来了一次争夺战。战士的英勇是令人钦敬的。内有一排曾牺牲得只剩了一个战士,这个战士却抱紧了五支枪从弹雨中滚下山来,完成了他的战斗任务。这个大胆的战士,你若去拜访他,他是可以兴奋地同你摆一摆当时战斗的"龙门阵"的。

参观的人拍掌了。

八路军打埋伏,如有名的刘伯承师长说的:"枪打在敌人的头上,刺刀插在敌人的肚子上,手榴弹抛在敌人的屁股上——赚钱的生意我们做,不赚钱的生意我们不做。"因此七七二团有了"夜摸常胜军"的称呼。看来将生命交给他们,即便在剧烈的战场上他们也是可以保你的险的。这样的队伍多来几师几军该是欢迎的吧。

实在敌人是应该这样教训教训的。请你看看响堂铺村里，原来一百八十多户人家的大镇，靠近大道，过去买卖也还是相当兴盛的。只因敌人过了几趟，住了几次，现在却剩了不到六十户人家了。房子被敌人烧了一多半，一百多男女被杀戮奸污了。就我们住过一宿的姓冯的这家说，原是响堂铺极安本分极殷实的人家，不想敌人去年春天来了，杀吃了他们的牛羊，牵走了他们的驴子，将一个家长同两个年富力强的儿子从躲藏的窑洞里拖出来杀死了。剩下的只一个当时逃到山里去的十多岁的孩子和几个寡妇女人。问问她们，说："苦啊，不像家人家了。"事情过去快一年了，人人脸上还是浮着悲凄菜色。看了她们穿的白鞋重孝，就知道这悲剧是千真万确的。她们房子倒还好，因为是瓦房没遭了火烧，但房顶掏的一个大洞，也已是放火不遂留下了"皇军"的手泽了。

响堂铺的人不穿孝的就很少。"我们逃到山里，趁夜深敌人退出的时候来家取点吃的，碰巧了拿点走，碰不巧遇见敌人便被打死了。"这是老百姓告诉的话。"往往知道家里人死了，只能在山里哭一场，都不敢回家埋葬，尸首都是停在街上两月，三月……"

看看一家家烧毁的房屋，院落里堆积的瓦砾，烧焦烧黑了的梁木；再看看他们搭了一间草棚就住下来过日子的情形，已经够清楚日本人的残酷了，然而还没有看见暴露三月不埋的尸体啊！没看见……

兵站刘站长告诉:响堂铺东街有一个二十多岁的妇女,因为没有来得及逃跑,被敌人捉住了,从晌午在大街上轮奸起,直到傍晚,人都不能动了。等到夜里敌人退出才被人背着逃走。又西街有一个十五岁的姑娘被敌人捉住奸淫,羞愧得跳井了,从井里捞出来还要继续奸下去。人就在响堂铺,村里人都说得出名字。

你说,这样的侵略者不是禽兽!

可是出了响堂铺走到神头河边的时候,老百姓也告诉了我们,在一截长长的隘路上,曾堆过满满一路敌人的死尸,都是八路军用手榴弹打死的。地上有一块沾上了土的黄呢子,老百姓指着说:"这是日本军装。"我们拾起来看看,吐两口——我们也看见了你侵略者死亡的地方,死亡的痕迹了!

到干涸了的神头河滩,我们看见了散乱地摆着的汽车的铁皮,都锈了,折皱了,退了漆光失了彩亮了。比较完整的有四辆,两辆平放着,两辆捣翻了,车篷朝地,车底朝上满是石头,大概是过路的人们抛掷了泄恨的。车多半是小坐车,想来当初一定有弹簧坐垫,有绒呢裱就的车衣,有按了呜呜叫的喇叭;在箱根、日光坐了兜兜风逛逛景该是很神气的吧?现在一股脑儿葬送在这里了。汽车有知,在被征调的时候也应当发出反战的怒吼吧?初毁的时候,一列九十三辆,一趟河滩三四里都是汽车,许是很壮观的。废铁现在运走打手榴弹去了。我们需要更多的武器毁它更多的汽车。

在村子里看到了敌人焚毁的我们的房舍,在河滩里看到了我们捣毁的敌人的汽车。站在烂汽车的旁边,让同行的季陵兄给照一张相,留它一个纪念;对战绩我们虽只是读者,也分它一份光荣吧。

一九三九年二月

阅读心得

响堂铺原本是一个拥有一百八十多户人家的大镇,因为敌人的侵略,只剩不到六十户人家,敌人在这里烧杀抢掠,杀戮奸污老百姓,镇里的百姓只能四处逃亡,直到苦难已经过去一年了,"人人脸上还是浮着悲凄菜色"。作者首先介绍了战争胜利的情形,使读者感到痛快不已,接着笔锋一转,开始描述战争胜利前人们受到的侵略,使读者原本轻松的心情被狠狠捏紧,更加深切地体会侵略者的残酷暴虐,读来让人为响堂铺的悲惨遭遇心痛不已,对侵略者的愤懑之情更甚,对战争的感触更深。

写作借鉴

场景描写是写作中的重要加分项,读完这篇文章,相信大家都被文中描写战争与侵略的一些惨烈的场景深深震撼。宏大场景的描写不仅要清楚地交代故事发生的背景,还要突出重点,进行适当的场景调度,使场景描写更具吸引力。同学们在描写战争等宏观的大场面时可以借鉴作者的写法,先将事件发生的背景进行充分的介绍,然后再通过第三视角丰富事件发生的场景与时间等要素,从而为接下来进行的场景描写进行铺垫,使整个场景描写衔接流畅、视角丰富,使事件在读者心中留下深刻的印象。

神 头 岭

名师导读...

　　正如作者所说，战场就像一部灿烂的史书，将无尽的宝藏永远保留了下来。翻开《神头岭》，让我们一同探寻它不曾褪色的故事。

　　一道战场，像一部灿烂的史书，那丰饶的页数里是蕴蓄着无尽的宝藏的。这样，作为热心的读者钻研名贵的典籍，我们访问了神头岭。

　　神头岭在山西的黎城、潞城之间，赵店东南微子镇偏北太行山伸着拖脚的地方。是一九三八年三月十六日神勇的八路军歼灭倭寇的战场。迤南有比干岭，传说商纣亚父比干把心挖出来交给妲己之后，在这里买过"无心菜"。说是比干宰相心虽没有了，但若能挨过一百天之后还是可以痊复如初的。然而就在九十九天的傍晚来了那卖"无心菜"的白发老翁。比干抚着胸口从宰相府出来，问："卖什么菜？"老翁答："卖无心菜。""菜无心还长吗？""人无心还活，菜无心怎么不长！"几句简短的对话，比干仿佛忽然醒悟得自己确是无心人了，一煞惊悸，便溘然长逝。——传说自然是荒诞的，然而这荒诞的传说，却是中国的古人古事。连一个榛莽荒丘都涂得有华夏文明的色泽呵，是黄帝的子孙，谁都有权说是"我们的"！蕞尔倭寇就不要太心高

73

妄想了!

访问神头岭,是一个风沙的春天,去三月十六日的战斗已滑过一年了。那天我们黎明掠过了黎城南关,傍晚跨过了浊漳河。浊漳河石子作底,石子激着流水发出豁朗豁朗碎马蹄的声音。两岸沙滩有密匝匝绿到梢头的杨柳树。稍远是麦色青青的田垅。田垅里有雉鸡乱飞。春的气息洋溢着,杏树也已绽了红萼的苞了。——清明时节。

在路上听说漫流河有社戏。漫流河离神头只三里,绕路并不绕远,我们就先扑向漫流河听戏去。一路村子数来:老雕窠,王家庄,漫流河;老百姓都是当时战斗当中抬过伤兵、运过胜利品的。他们有的吃过日本饼干,有的穿过黄呢子大衣,人人口里都演义得出几件悲欢故事:房子被日本鬼烧了,他们便焚毁日本鬼的汽车;驴子被日本鬼牵走了,他们便夺来日本鬼的马匹。红缨枪换成了左轮子、八音子。王家油坊一所深深的窑洞里被敌人用机关枪扫杀了三十四人,也是王家油坊一家木匠铺在十六日半夜卖给了敌人二百四十个装尸灰的箱子。"牙还牙,眼还眼",在斗争的熔炉里锻炼着,在肉搏的血海里沐浴着,老百姓像老君炉里跳出来的猕猴王一样,满头霜雪,他们活得更有劲了。处处响着反抗的吼声,处处充满着活泼的生气。

漫流河有社戏,半里外就听见锣鼓喧天的声音了。踏着那素朴雄壮的音乐,走近去,是拥挤的男女在看抬黄杠,踩高跷。男的白布巾裹头,女的红喷喷的面庞挑一握发髻。看来他们都是健壮的,快乐的。——你们可相信去年今天这里是战场?你们可相信二百里外战争正打得激烈紧张?几个扮唱的小孩子,手里拿了彩纸扇,高跷上响蹦蹦地跳动着,都是一副聪明俊俏模样。左边是一座席扎的戏台,说是有名的襄垣秧歌,但尚未开场;倒是两旁卖吃食的小摊,摆成两条长长的闹市,卖面条卖蒸包的人吆喝着,给热闹的鼓乐添了一支有力的伴奏。

从人流里挤向庙去,先是一帮"红火"在耍拳脚武术。枪刀棍棒,流星绳鞭,一路玩来,令人想起《水浒传》《七侠五义》里的豪强。庙是关帝庙,庙里一台"闹子"正在演唱,一个唱旦角的,仪态服装都古香古色。从拥挤的人群,袅绕的烟火,和毕毕剥剥的爆竹响声里,断断续续荡漾过来了唱声:

> 三月里,桃杏花,满树照红;
> 刘关张,在桃园,结拜宾朋。
>
> 十月里,雪白花,飘来飘去;
> 孟姜女,携寒衣,哭断长城。

但嗓音悠扬处,举止婉转处,还是博得台下不少彩声。

正殿里塑像关云长,"丹凤眼,卧蚕眉,面如重枣"。如今可敬慕处,大概正在夺关斩将温酒待捷的勇迈吧?——想着,我们奔上了神头岭。

爬了一道三里地远的漫漫长坡,等社戏的鼓吹渐渐沉落下去的时候,目的地就望见了。一路上田陌间散布着的是历历马骨。——夕阳来得正好,夕阳可快要落山了。余晖返照,马骨丛中像开了惨白的花,艳红的花,恰象征隔年的烟尘与褪色了的鲜血。是啊,神头岭战斗是精彩的哩!连日本《东奥日报》的随军记者都称道是"典型的战术"。

让当时战斗的情形在眼前展开吧。

我们的队伍在月夜里行进,在月夜里集结。没有瞌睡,睡魔被紧张的情绪冲破了。有谁愿意掉队呢?急行军,一个紧跟了一个。争取时间!鸡叫时分人马已在北神头沿着公路埋伏好了。那里有现成的壕沟,是战争初期我们镇守东阳关的队伍挖就的。消息封锁得很严,连太阳都没看见(因为白天是阴天)。这秘密只一个勤快的庄稼老斗晓得,但直到结束战斗他没有回家。

"那天我赶早上坡,一脚不小心就踏上了一个山岗,嗳哟我的娘,海压压满坡都是人头,都是灰布军装。"后来他才这样告诉人家说,"我刚刚抽身要走,咱队伍里一个弟兄说:'不要吱声!'我知道要打仗了,便一溜烟绕着沟沿跑了。在坡里我一天没吃饭,听了一天炮声……"

弟兄们埋伏好了。——快天亮的时候特别静,快天亮的时候也特别冷清。"冷啊!"异口同声地咕噜着。应当出的太阳又恰恰被密云遮盖了。——已经八点,"为什么敌人还不来呢?"有的战士着急了。提起望远镜看看,三辆乌龟似的汽车正在路上爬呢。方向是从潞城来的。不慌,让它过去吧。要沉着应战。大家先捺一把干粮。九点,四十几个日本骑兵又来了;人太少,也让他过去。九点半,时间过得真慢,简直像蜗牛爬;可是正好,继续行军的敌人真铜部队、粘谷部队,浩浩荡荡地在村边休息下来了。看他们路赶得多,笨重的皮鞋拖拉着,仿佛都很疲惫的样子;架起枪来,随便地躺着坐着,显然很大意。可是也够险了,敌人休息的地方距离埋伏顶近的只二十米(仿佛伸手就可抓到的样子)。我们的战士"妈的!"在心里骂起来了。几乎要开枪。指挥员的一个眼色,又使战士们镇定了。

连车马辎重,敌人是一千五百名左右。

"这里老百姓真好",给他们烧水喝,给他们打水饮马。敌人高兴了。舒服地坐在地上,谈着,仿佛都在欣赏民众的柔顺,和"皇军"的"德威"。在他们这样做着梦的时候,那边"喂,我来吧!"轻轻地拍拍肩膀,挤一挤眼,另一批"老百姓"接了班了;也是打水饮马,烧开水。

我们说:"这里老百姓真好",客人要走了,饮马烧水的人还拉拉扯扯挽留着。拉扯,挽留,客人架好的步枪就握在我们手里了。留住跟前的客人,同时等得不耐烦的埋伏地里奏起了送行的音乐。飕飕响的是子弹,轰轰叫的是迫击炮;沉重的手榴弹声,密放的机关枪声。跟着悲壮的冲锋号,十分钟冲过两个山头;不再那么客气,敌人四周的高地全被我们占了。立刻来的是白刃肉搏。

"从警戒线的什么地方潜进来的啊!与向来的客人稍微不同,很厉害!"(见《脱出记》)敌军队长笹尾二郎中尉,将队伍展开的命令都没来得及发出,只挣扎着喊了一声:"大家一块死的地方就在此地!"射击得那么准确地迫击炮弹就正在他的头上开花了。

随后是喊着"跟我来,放心吧!"敌军少尉小山正美;随后是兽医少尉成田利秋:都相继呼着什么"陛下万岁!"倒了下去。——是死的地方。正是,八路军到哪里,日本侵略者就得死在哪里。这次战斗,跟了笹尾队长一块毁灭了的就有步骑兵一千二百名,数百车辎重,马千匹。隔年相访,不是还看得出遍野的马骨历历么?当时活的俘虏是十三个。走脱了一名《东奥日报》的记者本多德治,被一挺机枪掩护着,躲在一所窑洞里。我们一个特务员原想挖透窑洞从顶上结果他的,却因为政委说:"迅速集合要紧,放他一条狗命吧!"这条狗命才有机会写《脱出记》,给我们灵活的战术作了一次大大的鼓吹。但那篇通讯,在另一次胜利的战斗里仍旧落在我们手里。"典型的战术",话说的倒真有点对。

《脱出记》里写着,当时敌人的战马临死都流了眼泪。啊!你聪明的天照子孙啊!为什么远隔重洋抛家离井来用血液灌溉我们华夏的土地呢?虽然对日本法西斯军阀满含着永世的仇恨,我却不能不以悲悯的心肠来凭吊你日本士兵漂流的游魂了!

侵略者的脚下,泥潭是越陷越深啊。

一九三九年六月十三日

阅读心得 ....

战争带走了什么,战争又留下了什么?探访曾经的战争发生地,作者通过切身的感受从中找到了自己的答案。文章中的神头岭是八路军歼灭日军的战场之一,作者亲临神头岭,直观地介绍了神头岭的地理特征,生动地描述了战场上发生的故事,并用大量的笔墨展示了战争过后神头岭老百姓的生活状态,与战争前的生活形成了强烈对比,表现出作者对战争的批判态度。作者在文章最后说"侵略者的脚下,泥潭是越陷越深啊",感叹了战争的非正义性与日本侵略者的罪有应得,使文章的主题与情感更加突出。

写作借鉴

　　这篇文章对战争的表现方式十分精彩,作者并未将战场的情形作为描述的重点,而是围绕战争这一主题,首先将战争前后同一地点的场景进行对比,一年前的紧张压抑的战场,现如今唱起了锣鼓喧天的热闹社戏,通过描写百姓们热闹的生活,从侧面表现出战争给人们带来的灾难性影响,引发读者的思考。文中的景色描写也具有深刻的象征意义,作者在清明时节来到神头岭,石击流水清脆作响、杨柳树绿到梢头、田垄里一片麦色青青,无不显示出生机勃勃的春日景象,象征着战争后的神头岭重新焕发出了生机与活力,画面十分生动。文章中还引用了较多的神话故事和典故,如文章开头的"比干掏心"以及《水浒传》《七侠五义》中的豪强,与神头岭战场击退敌人的灵活战术联系在一起,使神头岭的形象充满了奇幻色彩,更加吸引读者的兴趣。同学们在写作时,也可以学习文中出色的写作技巧,运用对比的手法使场景更加突出,并注意从环境、时间、人物等多个角度进行侧面描写,使叙述的主题更加饱满,情感更加强烈。

向 海 洋

名师导读...

提起大海，人们心里总会浮现出清澈的海水、带着湿咸气息的海风，让人心生向往。作者心中向往的海洋是什么样的呢？让我们一起在文中寻找答案。

我的岗位是在高原上，我的心却向着海洋。

自己默默地问：再来怕要病了吧，怎样这样厉害地想念着海呢？很不应当的简直有些忧郁了。山谷里一阵风来，它打着矮树，吹着荒草，听来像海水摸上了散满蚌壳的沙滩，又冲激着泊在岸边捕鱼人的渔船。山下荡着石子流的河水，声音也像"万年山"上听海水在低啸；河边大道上那滴咚嘀咚响的不是驼铃，倒像是往返的小汽艇在接送哪只旗舰上的海军了。夜深时，山上山下的灯火闪着亮，土山便幻成了海岛；山上的灯火是街市，山下的是停泊的大小船只。牧羊人一声悠远的觱篥（像海螺鸣鸣），会带来一个海上的雾天，连雾天里的心绪都带来了；失掉的是欢快，新添的是多少小病，多少烦厌。——心里有个海，便什么都绘上海的彩色海的声音了。连梦里都翻滚着海波，激溅着浪花啊。

心是向着海洋。

但为什么不向海洋呢？自家的土地是接连着海洋的。海洋上是老家。海水的蔚蓝给自己黑的瞳仁添过光亮,海藻的气味使自己的嗅觉喜欢了鱼腥,喜欢了盐水的咸。海滩上重重叠叠的足迹,那是陪了旧日的伙伴,在太阳出浴的清晨和夕阳涂红了半天的傍晚在那里散播的。迎着海风深深呼吸的时候,眼前曾是令人忘我的万里云天。我怎么不心向海洋呢?

喂,蓬莱阁啊!还依旧是神仙家乡么?在你那里我看见过海市蜃楼哩。拾过海水冲刷得溜圆的卵石。趁海鹤(那条那么小的袖珍军舰)去访问过长山八岛。在岛上渔翁渔婆给我吃过清明捕的黄花鱼,春分捉的对虾,谷雨里捡的海参。孔丘在陈,才三月不知肉味,就已唠唠叨叨了;我可是多么久不吃鱼了啊。可是我知道的,现在捕鱼也不容易了,并不是庙岛的显应宫(我还记得那副对联:海上息鲸波从此风调雨顺,山中开贝阙应知物阜民康。)不灵(曾经灵过么?)而是日本的捕鱼船把你们的网冲破了,嘟嘟的马达声也吓散了鱼群。那么除了马尾松不出产什么的几个寒枯的岛子你们又指望着什么过生活呢?因此我听到了你们的战斗。

听说你们用土炮(那是戚继光平倭寇时就铸就了的么?),封锁了军舰不能靠岸的海口(那是戚将军练水兵的水城)。又扮了"海盗",你们将岛上的伪警察缴了械(说是五十枝全新的三八式,是么?),于是联络惯习水性的弟兄,你们组织了海上游击队。夺取敌人运上岛的给养,掀翻敌人放哨的游艇:你们一天天强大,现在已是三条汽船五百枝枪的队伍了。我想念海,不得不教我想念你们!海上游击队的弟兄,让我们替你们祝福!

烟台,你以出名的苹果,以出名的苹果香的葡萄给我永远的记忆的烟台啊！很好么？我爱喝你张裕酿造一二十年的陈葡萄酒，那样馥郁香洌，泛着琥珀般的颜色，真是沁人心脾，心会开花；润着喉咙，喉咙会唱歌的。但我并不沉醉，我永远清醒地怀念着你的居民。那是喜欢冒险，喜欢到海外碰运气的。他们从你这里下关东，入日本海，去南洋群岛。甚至只凭买卖山东绸而能徘徊在奢靡的巴黎街头。以土头土脑的扮相，而说着各地土话，各国语言，谁能说不是奇迹！从海洋夺得了魂魄，他们不知道什么是忧愁，笑声和戏谑里都透露着达观和矫健。在烟台的街市上我是多么愿意碰到他们呀。出去的是一条扁担一个铺盖卷，回来的却带着珍珠、黄金，囊袋里装满财富了。可是敌人践踏了他们，原是充满睦邻的感情的，他们现在忿怒了。因此我常在报纸上看到"烟台夜袭"，"我军五陷烟台"那些令人兴奋的消息。

听说他们扮商人，扮小贩，卖青菜。忽然他盖在青菜底下的盒子枪从筐缘露出那作为枪饰的丝穗来了，伪警察会喊给他：

"喂，老乡，你看你的韭菜撒了！"

于是他放下菜担看看，把枪上的韭菜盖盖好，向警察会意地笑笑（有谢谢的意思么？终久是自家人啊，应当有照应的，我愿意向那警察敬礼），然后照常向着市里走他的大路。还听说，他们采办货物，常是成群结队地赶着牲口，驮进去的也许只是稻草，驮出来的却往往夹杂在日用杂货里有多少日本人送来的枪枝。——白天他们在一家店里将牲口喂饱，将"垛子"捆停当，一交夜，他们便派人到山上去放鞭炮；等敌人吓得像掉了魂一样跑上了军舰，并从军舰上对准山头轰隆轰隆放起大炮来的时候,他们早已和他们满驮了货物与枪枝的牲口慢步逍遥地离开烟台市迈入群山了。"像玩猴子玩狗熊一样。"那告诉我们的人这样告诉我。对日本人的聪明和愚笨,我看见他们在笑了。

喔,青岛!给了我第一幢海的家的好地方啊。

那里栖霞路曾有我们三五个朋友谈不够的夜会。那里茅荣丰曾有我们吃花雕的酒杯,那里麻胡窠的贫民窟也曾有我们惯常的足迹和访问。后海码头绘的是一幅搬运夫的血汗图,响着的是锵锵郎郎钢铁的声音。前海是栈桥,回澜阁的游人,脸孔都曾经惯熟了;是整个远东有名的海水浴场,现在在太阳底下还能唤起我在那里夏天来一带五里长的沙滩上一片红红绿绿男女用的遮阳伞……

为了海我才喜欢泅泳的吧,然而我却很久,青岛啊,没有踏过你海边的软沙,沾过你清澈的海水了。我的书桌旁边有一张《捡贝壳的孩子》的图画,没了事我便常细细地赏玩它,因为它会带给我海上的风帆呢。另一张,远景里有海鸥在飞,近了来是一个衣裳褴褛的渔人仿佛在讲海,比画着手势,周围听的几个孩子都出神了。站着的,剪背着手;俯卧在沙滩上的,便两手捧着下巴。我从他们带些神秘性的眼睛里,看出了海上一个暴风雨的故事。讲故事的渔人的声音我都仿佛听见了(看多么痴迷),像辜勒律己诗里的古舟子。

现在海上的风暴是另一种了吧——胶州湾停泊的是贼船,而青岛近郊二十里外的崂山上则遍地飘扬着我们游击队的旗子……

我是有过泛家海上的老梦的。将感情养成了一只候鸟,惯喜欢追逐一种异国情调：火奴鲁鲁伴了曼德林旋律的土风舞，苏门答腊半裸棕色人喝椰汁，或像司提芬生写的一个金银岛的故事……但于今海洋的呼唤，已不是那幕老梦，而是活生生的现实了。当我应了蓝天上驰过的白云，水面上扫过的大风回答着"我来，海洋啊！"的时候，我的心是深深向往着北起海参崴，南迄琼州岛那七千里长的海岸线的；更热切，我是怀念着那沿海岸像翻滚在惊涛里战斗着的弟兄的。夜里我看天上的星星，星星像一只只站夜岗的弟兄的眼睛；白天太阳的金线照着我，我感到了那千百里外在血和汗的挣扎里故乡儿的辛苦和快乐。

因此，我像回到了一个神话时代，我站在这西北高原上向荒旷的黄土层寄意，说：我抚育过华夏祖先的土壤啊！万千年前据说你曾经也是海洋的。你这里深深地埋在地底的就是水成岩：里边有海藻的化石，有五六丈长的龙骨。果然，你这绵延起伏的群山不该就是远古年代凝定了的骇浪么？——西北高原上从蒙古大沙漠吹来的风是狂暴的，当年它掀动着海水生波，那么以它卷着漫天风沙的力量也荡起过层层的群山吧。现在正是土地也要沸腾起来，咆哮起来的时候了。

让我们向海洋，向胜利！

一九四一年五月二十二日

阅读心得

吴伯箫是山东人，海的气息已经深深地融进了他的血液之中。吴伯箫爱海，爱的是家乡蓬莱阁、烟台、青岛的海，回忆起关于海的记忆，他娓娓道来、头头是道，可见他对大海的热爱与情思。在这篇文章中,"海"并不单纯地表示海域,更是作者心中思念着的家乡。在平淡的叙述中,蕴含着作者对海、对家乡的深厚情感,语言质朴感人,令人动容。

写作借鉴

　　文章表面上是写海,但读来却让人更深切地感受作者对家乡的思念与热爱。作者用海借代故乡,含蓄朴实的情感更加令人动容。同学们应该学习使用借代的修辞手法,以简代繁、以实代虚、以奇代凡、以事代情,自然地引发读者的联想,使文章的主题更加生动。同时,在详细描写海的同时,作者也将情感融入一个个海景之中,夜市、游船、码头、海滩,等等,景中有情,情中有景,生动地表达了作者对家乡的思念与热爱。这种融情于景的写作手法,同学们也应该熟练掌握,景与情融为一体,能够使文章景更美、情更深。

书

📖 **名师导读** …

　　很多人都会思考读书到底有什么意义，读书在现实的社会中又发挥了什么作用？通过这篇文章，也许我们可以窥见其中的深刻含义。

　　"神农的梦呓，只是咂咂嘴的声音。"这是日本什么人的一首俳句吧。玩味起来是很有趣的。为什么梦呓只简单到咂咂嘴呢？原来神农是尝百草的，天天在山野里采撷着，品味着，慢慢成了习惯了。而且那时候怕除了适当的手势表情而外，也还没有确确实实能传达意思情感的语言啊。

　　语言还不一定有，文字就更是靠后的事了。所以远古的人曾必须结绳记事。据说那方法是大事记大结，小事记小结的。一串一串结满了疙瘩的绳子就是一部一部小小的历史了。但这种历史自己看或许是有用的，像搔到伤疤就引起一段痛苦的回忆一样；交给别人呢，就要费些思量与揣测。譬如说，有古物发掘家，从深深的地层里掘到了一段绳头的化石，麻缕的纤维还分明可见呢，就算考古的学识极渊博，而又广征博引研究得极仔细吧，但也只能说这是十万年前或百万年前的遗物，而不能知道那绳结记载的是一次渔猎还是一个恋爱故事。因此，"洛出图"才成了周文王时候的神迹，而伏羲画八卦，而苍颉造字，才成了值得万古讴歌的大事。原因是那怕无论怎么简单呢,它总算给了人以记录思想以传达感情的最初的符号啊!

拿这作根据,譬如说才有了史籀的大篆(姑且只说中国;书的故事,那是有专书的),人们把字用刀刻在竹版上,用漆涂在木片上,用皮子穿起来,于是有了像书类的东西。孔子读《易》,韦编三绝,从字意解,那《易经》怕就是用皮子穿着木板的玩艺。一部《易经》堆起来不会有小小一窑洞?不容易啊!不然为什么古人著书总是那么寥寥数语,老子全部学说,不过《道德经》五千言(字也);而现在的人却能“下笔千言,离题万里”地“夸夸其谈”呢。那是千千万万古人卜昼卜夜的劳绩,苦心焦虑的发明所积累的成果。像蒙恬造笔啊,蔡伦造纸啊,像印刷术、活字版的发明啊,都是了不起的。拿来糊糊窗户的一点纸,随便谈谈说说的一句话,都还不知道费过多少人的心血和劳动才成功的呢,别的就不用说了。

有了书,才将古今距离的时间拉近了。“东门有人,其颡似尧,其项类皋陶,其肩类子产,然自要(腰)以下不及禹三寸,累累若丧家之狗。”从这几句话我们看见了两千四百一十九年前一个名叫孔丘的老头子的形象和疲惫倒霉的样子(读《孔子世家》)。有了书,才将地域的远近缩短了。在黄土高原上我们能望见驶向冰岛的渔船和大海里汹涌的波涛(读《冰岛渔夫》)。读但丁的《神曲》,一个在尘世的人可以认识天堂和地狱。读吴承恩的《西游记》,一个最现实的人也能像孙猴子可以入地、腾空。书,什么不给你呢?足不出户,而卧游千山万水;素不相识,可以促膝谈心。给城市的人以乡村的风光,给乡村的人以城市的豪华。年老的无妨读血气刚盛的人的冒险故事,年轻的也可以学饱经世故的长者的经验。一代文豪高尔基说:"请爱好书本吧,它将使你的生活容易化,它将友爱地帮助你了解感情,思想,事变的各方面和复杂的混合。它将教你尊敬别人和你自己。它将带着对于世界和人类的爱的感情,给予智慧和心灵以羽翼。"是啊,"日出而作,日入而息",就算鸡犬之声相闻,生活过得相当舒适吧,但生了,死了,像春夏来在风雨里摇曳而一到秋冬就枯黄了的花草,有什么区别呢?最痛苦是有痛苦有快乐说不出来的人。最痛苦是不能了解和不会了解别人的痛苦的人。有一个"笑话",说一个穷读书人娶了一个乡下姑娘作老婆,读书人总常常嫌他老婆不说话,有一天夜里,他问她:"你怎么老不说话?""说什么啊,不知道。"老婆忸怩地回答了。"现在你心里想什么就说什么好了。"读书人给她一种启示。她想了半天说:"我饿得慌!"——这个"笑话"你听了如何?稍一涉想,你会于笑声里落下泪来的哩!因此,我读了《一个不识字的女人的故事》很受感动。

书籍是会提高人的:从野蛮到文明,从庸俗到崇高。高尔基又曾这样说过:"每一本书都是一个小小的梯子,我向这上面爬着,从兽类到人类,走到更好的理想的境地,到那种生活的憧憬的路上来了。"真是这样,读书愈多,应当愈富于睿智,愈具有眼光。因为那样可以经验得多,见闻得广啊!小气的人该会大方一点,狭隘的人该会开旷一些。"学问就是力量!"有人这样强调说过。自然,也还是有俗不可耐的读书人的,正像有博雅的文盲一样。但原是博雅的人再多读一些好书呢,我想他会像纯钢之出于生铁，更近乎炉火纯青了。因而有了黄庭坚"三日不读书，便觉语言无味，面目可憎"；有了梁高祖"三日不读谢玄晖诗，便觉口臭"那样的话。

真有读书有癖的人哩。法朗士就说过：他自己是一个图书馆的老鼠。他的最大的幸福是在一本又一本地吞噬过许多书籍之后，发现吐着一点遥远的世纪的芳香的奇妙的东西。发现任何人不曾注意到的东西（据卢那卡尔斯基：《论法朗士》）。中国古时孔丘"发愤忘食"以致"乐以忘忧，不知老之将至"。董仲舒"三年不窥园"，怕就都是读书读上瘾来的人。"吾儿，久不见若影，何竟日默默在此，大类女郎也。"这是归有光读书，项脊轩他祖母对他说的话。为了这种情节，我就喜欢起老老实实读书的人来了——车胤把萤火虫装在纱袋里照着读书，孙康在寒天里用雪光映着读书，还有家里寒苦点不起灯把邻家的墙壁凿孔偷光的。"如负薪，如挂角"，这些刻苦嗜读的故事被人不知几千次几万次地征引过，但好好地思索一下那情景，还是可以发人深省的。

从俄国诗人舍甫琴科或高尔基的传记里，我们知道有农奴社会家僮读书而挨鞭挞的事；但从虽然有鞭挞等待着，却还是在夜深人静的时候，在一天做了十四小时的苦工之后，偷偷地在僻静的柴仓里点起豆大的小灯读起书来的那样的家僮，被梦也似的足迹牵引着，被看不见的人物慰藉着，你看得见那苦孩子泪影中的微笑么？这精神将是一切成功的发端。所以在革命队伍里，看见一个老伙夫皱了眉头学划阿拉伯字码，或一个十一岁的小鬼在琅琅上口读《边区群众报》的时候，便每每令人起一番敬意起一番鼓励。身上看来穷苦,灵魂却是富的。这比之有书读,能读书而不认真读的人是有很大差别的。

读书吧,从书里找认识世界、改造世界的东西吧。……富有真理的书是万应的钥匙,什么幸福的门用它都可以打开。

一九四一年十月七日晚,蓝家坪

阅读心得

从远古人的结绳记事,到古代的仓颉造字、出现竹简,有了文字记录,再到有了纸、有了印刷术等,作者梳理了文字、书写工具等的发展过程,不断进行铺垫,关于书的内容便自然而然地出现了。我们可以通过书来了解自己从来没有见到过的事物,将不同地方人的思想融会贯通、理解思考,从书中找到认识世界、改造世界的东西。正如古人所说的,"书中自有颜如玉""书中自有黄金屋"。

写作借鉴

写文章时,引用成语、诗句、格言、典故以表达自己的思想感情,说明自己对新问题、新道理的见解,这种修辞手法叫引用。引用可以增强说服力,而且语言精练、含蓄典雅。这篇文章中的孔丘、高尔基、法朗士等,都是作者为了表现读书的作用而引出的,通过这些熟悉的名人的故事,读者能够进一步思考读书的意义。同学们在日常生活中要注意积累名人名言、名人故事、文章典故等,将这些材料运用到文章中,使文章更具有说服力。

第三编

记一辆纺车

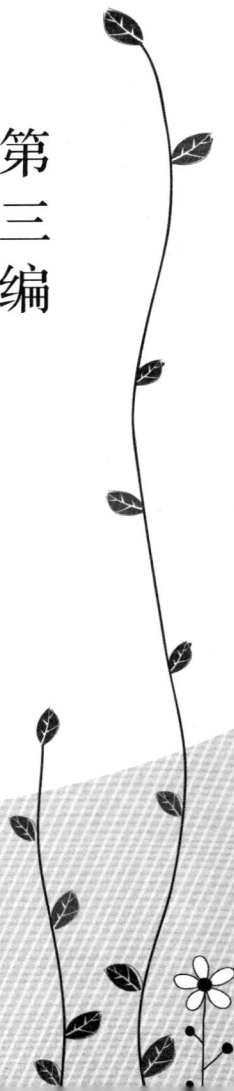

记一辆纺车

名师导读...

　　今天我们穿的衣服五彩斑斓，但是在战争年代，好多人没有衣服可穿。大家想过自己的衣服是怎么做的吗？自己有没有想过为自己做一件衣服呢？这篇《记一辆纺车》就是作者回忆自己在延安的生活，自己用纺车做衣服的经历。

【比喻】

运用比喻的修辞手法，将纺车比作旅途的伴侣、战场的战友，形象地表现出纺车对作者的重要意义，以及作者对纺车的无限怀念。

【反问】

运用反问的修辞手法，生动地说明了纺车在当时的延安的普及性。

　　我曾经使用过一辆纺车，离开延安的那年，把它跟一些书籍一起留在蓝家坪了。后来常常想起它。想起它，就像想起旅途的旅伴，战场的战友，心里充满了深深的怀念。

　　那是一辆普通的纺车。说它普通，一来它的车架，轮叶，锭子，跟一般农村用的手摇纺车没有什么两样；二来它是延安上千上万辆纺车中的一辆。的确，那个时候在延安的人，无论是机关的干部，学校的教员和学员，也无论是部队的指挥员和战斗员，在工作、学习或者练兵的间隙里，谁没有使用过纺车呢？纺车跟战斗用的枪，耕田用的犁，学习用的书和笔一样，成为大家亲密的伙伴。

　　在延安，纺车是作为战斗的武器使用的。那是在抗日战争最艰苦的时候，国民党反动派发动反共高潮,配合日寇重重封锁陕甘宁边区,想困死我们。我们边区军民热烈响应毛泽东同志的伟大号召:"自己动手,丰衣足食",结果彻底粉粹了敌人围困的阴谋。在延安的人,在所有抗日根据地的人,不但吃得饱,而且穿得暖,坚持了抗战,争取到了抗战的最后胜利。开荒,种庄稼,种蔬菜,是保证足食的战线;纺羊毛,纺棉花,是保证丰衣的战线。

大家用纺的毛线织毛衣,织呢子;用纺的棉纱合线,织布。同志们穿的衣服鞋袜,有的就是自己纺线或者跟同志换工劳动做成的。开垦南泥湾的部队甚至能够在打仗,练兵和进行政治、文化学习而外,纺毛线给指战员发军装呢。同志们亲手纺线织布做的衣服,穿着格外舒适,也格外爱惜。那个时候,人们对一身灰布制服,一件本色的粗毛线衣,或者自己打的一副手套,一双草鞋,都很有感情。衣服旧了,破了,也"敝帚自珍",不舍得丢弃。总是脏了洗洗,破了补补,穿一水又穿一水,穿一年又穿一年。衣服只要整齐干净,越朴素穿着越随心。西装革履,华丽的服饰,只有在演剧的时候作演员的服装,平时不要说穿,就是看看也觉得碍眼,隔路。美的概念里是更健康的内容,那就是整洁,朴素,自然。

纺线,劳动量并不太小,纺久了会胳膊疼腰

【比喻】
将粮食生产比作保证足食的战线,将棉绒生产比作保证丰衣的战线。形象地说明了当时物资的匮乏以及粮食、棉绒生产的重要性。

【侧面描写】
对以前生活如数家珍般的回忆,从侧面体现出作者对延安生活的怀念,对纺车的怀念。

【动作描写】

细致入微的动作描写，详细地展示了纺线的细节，进一步表现出作者对纺线的熟悉以及享受纺线的愉悦心情。

【动作描写】

通过"摇""抽""拧"等一系列动词，生动地展现出了纺线的复杂与不易。

【比喻】

运用比喻的修辞手法，将纺好的线比作魔术师帽子里的彩绸，生动形象地体现出纺线成功的喜悦心情。

酸；不过在刻苦学习和紧张工作的间隙里纺线，除了经济上对敌斗争的意义而外，也是一种很有兴趣的生活。在纺线的时候，眼看着匀净的毛线或者棉纱从拇指和食指中间的毛卷里或者棉条里抽出来，又细又长，连绵不断，简直会有一种艺术创作的快感。摇动的车轮，旋转的锭子，争着发出嗡嗡嘤嘤的声音，像演奏弦乐，像轻轻地唱歌。那有节奏的乐音和歌声是和谐的，优美的。

纺线也需要技术。车摇慢了，线抽快了，线会断头；车摇快了，线抽慢了，毛卷、棉条会拧成绳，线会打成结。摇车，抽线，配合恰当，成为熟练的技巧，可不简单，需要用很大的耐心和毅力下一番功夫。初学纺线，往往不知道劲往哪儿使。一会儿毛卷拧成绳了，一会儿棉纱打成结了，纺手急得满头大汗。性子躁一些的人甚至为断头接不好生纺车的气，摔摔打打，恨不得把纺车砸碎。可是那关纺车什么事呢？尽管人急得站起来，坐下去，一点也没有用，纺车总是安安稳稳地待在那里，像露出头角的蜗牛，像着陆停驶的飞机，一声不响，仿佛只是在等待，等待。一直等到使用纺车的人心平气和了，左右手动作协调，用力适当，快慢均匀了，左手拇指和食指间的毛线或者棉纱就会像魔术家帽子里的彩绸一样无穷无尽地抽出来。那仿佛不是用羊毛、棉花纺线，而是从毛卷里或者棉条里往外抽线。线是现成的，早就藏在毛卷里或者棉条里的。熟练的纺手，趁着一豆灯光或者朦胧的月光，也能摇车，抽线，上线，一切做得优游自如。线上在锭子上，线穗子就跟着一层层加大，直到沉甸甸的，像成熟了的肥桃。从锭子上取下穗子，也像从果树上摘下果实，劳动后收获的愉快，那是任何物质享受都不能比拟的。这个时候，就连起初想砸碎纺车的人也对纺车发生了感情。那种感情，是凯旋的骑士对战马的感情，是"仰手接飞猱，俯身散马蹄"的射手对良弓的感情。

纺线有几种姿势：可以坐着蒲团纺，可以坐着矮凳纺，也可以把纺车垫得高高的站着纺。站着纺线，步子有进有退，手臂尽量伸直，像"白鹤晾翅"，一抽线能拉得很长很长。这样气势最开阔，肢体最舒展；兴致高的时候，很难说那是生产，是舞蹈，还是体育锻炼。

为了提高生产率，大家也进行技术改革，运用物理学上轮轴和摩擦传动的道理，在轮子和锭子中间安装加速轮，加快锭子旋转的速度，把手工生产的工具变成半机械化。大多数纺车是在纺羊毛、纺棉花的劳动实践中培养出来的木工做的；安装加速轮也是在劳动实践中大家摸索出来的创造发明。从劳动实践中还不断总结出一些新的经

【比喻】
　　将成锭的线穗比作成熟的肥桃，形象地说明了线穗之多、体积之庞大；又将取下穗子比作摘取果实，生动地表现出作者劳动后的愉悦与成就感。

【动作描写】
　　丰富的动作描写，生动地介绍了纺线的不同姿势，也从侧面体现了作者对纺线的熟练。

【举例】

列举出纺线前准备羊毛和棉花的具体要求，体现出纺线的准备工作要求之高。

【排比】

用排比的修辞，写出纺车竞赛备受欢迎——不管在哪里举行都会引起大家的激烈竞争。

【比喻】

运用比喻的修辞手法，把纺车的声音比作机群起飞、船只拔锚的声势，生动形象地写出纺线比赛场面的激烈。

验。譬如，纺羊毛跟纺棉花常有不同的要求：羊毛要松一些，干一些，棉花要紧一些，潮一些。因此弹过的羊毛要卷成卷，棉花要搓成条，烘晒毛卷和阴润棉条都有一定的火候分寸。这些技术经验，不靠实践是一辈子也不知道里边的奥妙的。

为了交流经验，互相提高，纺线也开展竞赛。三五十辆或者百几十辆纺车搬在一起，在同一个时间里比纺线的数量和质量。成绩好的有奖励，譬如，奖一辆纺车，奖手巾、肥皂、笔记本之类。那是很光荣的。更光荣的是被称为纺毛突击手、纺纱突击手。竞赛，有的时候在礼堂，有的时候在窑洞前边，更有的时候在山根河边的坪坝上。在坪坝上竞赛的那种场面最壮阔，"沙场秋点兵"或者能有那种气派？不，阵容相近，热闹不够。那是盛大的节日里赛会的场面。只要想想：天地是厂房，深谷是车间，幕天席地，群山环拱，怕世界上还没有哪个地方哪种轻工业生产有那样的规模哩。你看，整齐的纺车行列，精神饱满的纺手队伍，一声号令，百车齐鸣，别的不说，只那嗡嗡的响声就有点像飞机场上机群起飞，扬子江边船只拔锚。那哪儿是竞赛，那是万马奔腾，在共同完成一项战斗任务。因此竞赛结束，无论是纺得多的还是纺得比较少的，得奖的还是没有得奖的，大家都感到胜利的快乐。

就这样,用劳动的双手,自力更生。纺线,不只在经济上保证了革命根据地的人大家有衣穿,使大家学会了一套生产劳动的本领,而且在思想上还教育了大家认识劳动"本身成了生活的第一需要"的意义;自觉地克服了那种"认为劳动只是一种负担,凡是劳动都应当付给一定报酬的习惯"。劳动为集体,同时也为自己。在劳动的过程里,很少人为了个人的什么去锱铢计较;倒是为集体做了些什么有意义的事情,才感到是真正的幸福。

就因为这些,我常常想起那辆纺车。想起它像想起老朋友,心里充满了深深的怀念。围绕着这种怀念,也想起延安的种种生活。在党中央和毛泽东同志的周围工作,学习,劳动,同志的友谊,革命大家庭的温暖,把大家团结得像一个人。真是既团结,紧张,又严肃,活泼。那个时候,物质生活曾经是难苦的、困难的吧,但是,比起无限丰富的精神生活来,那算得了什么!凭着崇高的理想、豪迈的气概、乐观的志趣,克服困难不也是一种享受吗?

跟困难作斗争,其乐无穷。

——记一辆纺车。

一九六一年二月十五日,春节

阅读心得

这篇文章以怀念纺车为线索,记叙了作者当年在延安生产自救的革命战斗精神。文章叙述、抒情与议论紧密结合,让读者直观地感受到了作者在延安纺线的丰富经历和感受。作者的描述生动具体,读来真切动人,让读者感受到了与众不同的纺线故事,以及作者对那段时光的深深怀念,有力的表达突出了主题,语言轻松活泼,蕴含着丰富的情感。

写作借鉴

我国自古以来不乏表现纺纱织布的作品,但多半是言在此(纺织)而意在彼(人物),因此常常伴之以摇曳不定的灯光、低沉幽怨的歌谣、主人公想念外出游子的绵绵思绪……吴伯箫却敢于从正面切入,趣味盎然地写出"纺线"的各道工序和环节,如描写"纺线"的姿势:"可以坐着蒲团纺,可以坐着矮凳纺,也可以把纺车垫得高高的站着纺"(三种姿势,均无不可,对于纺线能手来说,活动天地之宽可以想见)。"站着纺线,步子有进有退,手臂尽量伸直,像'白鹤晾翅',一抽线能拉得很长很长"(撇开前两种,专写后一种。既写"步子",又写手势,"白鹤晾翅"之喻妙不可言)。"这样气势最开阔,肢体最舒展,兴致高的时候,很难说那是生产,是舞蹈,还是体育锻炼"(把"姿势"升华为"气势",让"生产"包容了"舞蹈"和"体育锻炼",倘非情深意切,何以臻此!)。《记一辆纺车》得益于不少生动的比喻。有了这些比喻,普通的纺车焕发了精神,劳动的场面增添了气氛,全文虚实结合,活泼流转,大大强化了抒情色彩。如写学习纺线,用纺车像"露出头角的蜗牛""着陆停驶的飞机"两个比喻来反衬纺线人的无奈和焦躁,读来忍俊不禁;又如描写竞赛场面,作者用"飞机场上机群起飞""扬子江边船只拔锚"来形容纺车响声,显得视野开阔,不同凡响。

菜园小记

名师导读

生活在战争年代的延安地区,人们的生活很难得到保障,需要从事生产自给自足。让我们跟随作者当年自己种菜、种花的回忆,一起去他的菜园里看一看。

种花好,种菜更好。花种得好,姹紫嫣红,满园芬芳,可以欣赏;菜种得好,嫩绿的茎叶,肥硕的块根,多浆的果实,却可以食用。俗话说:"瓜菜半年粮。"

我想起在延安蓝家坪我们种的菜园来了。

说是菜园,其实是果园。那园里桃树杏树很多,还有海棠。每年春二三月,粉红的桃杏花开罢,不久就开绿叶衬托的艳丽的海棠花,很热闹。果实成熟的时候,杏是水杏,桃是毛桃,海棠是垂垂联珠,又是一番繁盛景象。

果园也是花园。那园里花的种类不少。木本的有蔷薇,木槿,丁香,草本的有凤仙,石竹,夜来香,江西腊,步步高,……草花不名贵,但是长得繁茂泼辣。甬路的两边,菜地的周围,园里的角角落落,到处都是。草花里边长得最繁茂最泼辣的是波斯菊,密密丛丛地长满了向阳的山坡。这种花开得稠,有绛紫的,有银白的,一层一层,散发着浓郁的异香;也开得时间长,能装点整个秋天。这一点很像野生的千头菊。这种花称作"菊",看来是有道理的。

说的菜园，是就园里的隙地开辟的。果树是围屏，草花是篱笆，中间是菜畦，共有三五处，面积大小不等，都是土壤肥沃，阳光充足，最适于种菜的地方。我们经营的那一处，三面是果树，一面是山坡；地形长方，面积约二三分。那是在大种蔬菜的时期我们三个同志在业余时间为集体经营的。收成的蔬菜归集体伙食，自己也有一份比较丰富的享用。

那几年，在延安的同志，大家都在工作，学习，战斗的空隙里种蔬菜。机关，学校，部队里吃的蔬菜差不多都能自给。那个时候没有提出种"十边"，可是见缝插针，很自然地"十边"都种了。窑洞的门前，平房的左右前后，河边，路边，甚至个别山头新开的土地都种了菜。

我们种的那块菜地，在那园里是条件最好的。土肥地整，曾经有人侍弄过，算是熟菜地。地的一半是韭菜畦。韭菜有宿根，不要费太大的劳力（当然要费些工夫），只要施施肥，培培土，浇浇水，出了九就能发出鲜绿肥嫩的韭芽。最难得的是，菜地西北的石崖底下有一个石窠，挖出石窠里的乱石沉泥，石缝里就涔涔地流出泉水。石窠不大，但是积一窠水恰好可以浇完那块菜地。积水用完，一顿饭的工夫又可以蓄满。水满的时间，一清到底，不溢不流，很有点像童话里的宝瓶，水用了还有，用了还有，不用就总是满着。泉水清洌，不浇菜也可以浇果树，或者用来洗头，洗衣服。"沧浪之水清兮，可以濯我缨；沧浪之水浊兮，可以濯我足。"这比沧浪之水还好。同样种菜的别的同志，菜地附近没有水泉，用水要到延河里去挑，不像我们三个,从石窠通菜地掏一条窄窄浅浅的水沟,用柳罐扛水,抬抬手就把菜浇了。大家都羡慕我们。我们也觉得沾了自然条件的光,仿佛干活掂了轻的,很不好意思,就下定决心要把菜地种好,管好。

"庄稼一枝花,全靠粪当家。"为了积肥,大家趁早晚散步的时候到大路上拾粪,那里来往的牲口多,"只要动动手,肥源到处有"啊。我们请老农讲课,大家跟着学了不少知识。《万丈高楼从地起》的歌者,农民诗人孙万福,就是有名的老师之一。记得那个时候他是六十多岁,精神矍铄,声音响亮,讲话又亲切又质朴,那老当益壮的风度,到现在我还留着深刻的印象。跟那些老师,我们学种菜,种瓜,种烟。像种瓜要浸种、压秧,种烟要打杈、掐尖,很多实际学问我们都是边做边跟老师学的、有的学会烤烟,自己做挺讲究的纸烟和雪茄;有的学会蔬菜加工,做的番茄酱能吃到冬天;有的学会蔬菜腌渍、窖藏,使秋菜接上春菜。

种菜是细致活儿,"种菜如绣花";认真干起来也很累人,就劳动量说,"一亩园十亩田"。但是种菜是极有乐趣的事情。种菜的乐趣不只是在吃菜的时候,像苏东坡在《菜羹赋》里所说的:"汲幽泉以揉濯,持露叶与琼枝。"或者像他在《后杞菊赋》里所说的:"春食苗,夏食叶,秋食花实而冬食根,庶几西河南阳之寿。"种菜的整个过程,随时都有乐趣。施肥,松土,整畦,下种,是花费劳动量最多的时候吧,那时蔬菜还看不到影子哩,可是"种瓜得瓜,种豆得豆",就算种的只是希望,那希望也给人很大的鼓舞。因为那希望是用成实的种子种在水肥充足的土壤里的，人勤地不懒，出一分劳力就一定能有一分收成。验证不远，不出十天八天，你留心那平整湿润的菜畦吧，就从那里会生长出又绿又嫩又苗壮的瓜菜的新芽哩。那些新芽，条播的行列整齐，撒播的万头攒动，点播的傲然不群，带着笑，发着光，充满了无限生机。一棵新芽简直就是一颗闪亮的珍珠。"夜雨剪春韭"是老杜的诗句吧，清新极了；老圃种菜，一畦菜怕不就是一首更清新的诗？

暮春，中午，踩着畦垄间苗或者锄草中耕，煦暖的阳光照得人浑身舒畅。新鲜的泥土气息，素淡的蔬菜清香，一阵阵沁人心脾。一会儿站起来，伸伸腰，用手背擦擦额头的汗，看看苗间得稀稠，中耕得深浅，草锄得是不是干净，那时候人是会感到劳动的愉快的。夏天，晚上，菜地浇完了，三五个同志趁着皎洁的月光，坐在畦头泉边，吸吸烟；或者不吸烟，谈谈话；谈生活，谈社会和自然的改造，一边人声咯咯罗罗，一边在谈话间歇的时候听菜畦里昆虫的鸣声；蒜在抽苔，白菜在卷心，芫荽在散发脉脉的香气：一切都使人感到一种真正的田园乐趣。

我们种的那块菜地里，韭菜以外，有葱、蒜，有白菜、萝卜，还有黄瓜、茄子、辣椒、西红柿，等等。农谚说："谷雨前后，栽瓜种豆。""头伏萝卜二伏菜。"虽然按照时令季节，各种蔬菜种得有早有晚，有时收了这种菜才种那种菜；但是除了冰雪严寒的冬天，一年里春夏秋三季，菜园里总是经常有几种蔬菜在竞肥争绿的。特别是夏末秋初，你看吧：青的萝卜，紫的茄子，红的辣椒，又红又黄的西红柿，真是五彩斑斓，耀眼争光。

那年蔬菜丰收。韭菜割了三茬，最后吃了苔下韭（跟莲下藕一样,那是以老来嫩有名的),掐了韭花。春白菜以后种了秋白菜,细水萝卜以后种了白萝卜。园里连江西腊、波斯菊都要开败的时候,我们还收了最后一批西红柿。天凉了,西红柿吃起来甘脆爽口,有些秋梨的味道。我们还把通红通红的辣椒穿成串晒干了,挂在窑洞的窗户旁边,一直挂到过新年。

一九六一年四月九日

阅读心得

　　文章生动细致地描写了菜园的环境和作者种菜时的具体情况,着力表现了延安军民在大生产运动中的精神风貌,生动地表现了人们的辛勤劳动和苦中作乐的积极生活态度。文章通过作者对当年在蓝家坪自己动手开荒种菜的难忘岁月的回忆,细腻写实地描述了当年的真实情况,真切地反映了革命前辈以苦为乐、奋发向上的高尚情操,表现了抗日战争时期延安军民自力更生、艰苦奋斗的革命精神。

写作借鉴

　　这篇文章语言朴素,富有韵味。作者用详细的描述,清晰地介绍了菜园的布局和地形、引水和积肥的手段,以及"种菜如绣花"的细致要求,如数家珍地介绍了菜园里生长的作物,用泥土般朴实的语言,潺潺流水一样轻快的调子,娓娓动听地传达出劳动者的无限愉悦之情。跟随作者的描述,读者能够清晰地看到"种花""种菜"的一幅幅画面、跃然纸上的鲜活的人物形象,也能感受到作者对延安劳动生活的深刻怀念。同学们在进行描述的时候,也要学会这种返璞归真的写法,从内心出发,表达自己最真实的感受。

歌 声

📖 **名师导读....**

　　说起歌声,每个人脑海中都会浮现不同的音乐记忆。而战争年代的歌声是怎样的呢?作者的这篇《歌声》,就向我们描述了属于他那个时代的动人歌声。

　　感人的歌声留给人的记忆是长远的。无论哪一首激动人心的歌,最初在哪里听过,那里的情景就会深深地留在记忆里。环境,天气,人物,色彩,甚至连听歌时的感触,都会烙印在记忆的深处,像在记忆里摄下了声音的影片一样。那影片纯粹是用声音绘制的,声音绘制色彩,声音绘制形象,声音绘制感情。只要在什么时候再听到那种歌声,那声音的影片便一幕幕放映起来。"云霞灿烂如堆锦,桃李兼红杏",《春之花》那样一首并不高明的歌,带来一整套辛亥革命以后启蒙学堂的生活。"我们是开路先锋",反映出一个暴风雨来临的时代。"我的家在东北松花江上",描绘出抗日战争初期一幅动乱的景象……

　　我以无限恋念的心情,想起延安的歌声来了。

　　延安的歌声,是革命的歌声,战斗的歌声,劳动的歌声,极为广泛的群众的歌声。列宁在纪念《国际歌》的作者欧仁·鲍狄埃的文章里说:"一个有觉悟的工人,不管他来到哪个国家,不管命运把他抛到哪里,不管他怎样感到自己是异邦人,言语不通,举

目无亲,远离祖国,——他都可以凭《国际歌》的熟悉的曲调,给
自己找到同志和朋友。"我们可以这样理解:《国际歌》是全世界
无产阶级的共同的声音,共同的语言。我们也可以这样看延安
的歌。在延安,《国际歌》就是被最庄严最普遍地歌唱的。

回想从冼星海同志指挥的《生产大合唱》开始吧。那是一九
三九年夏初一个晚上,在延安城北门外西山脚下的坪坝上。煤
汽灯照得通亮。以煤汽灯为中心,聚集了上万的人。印象中仿
佛都是青年人。少数中年以上的人,也是青年人的心情,青年人
的襟怀和气魄。记得那时候我刚刚从前方回到延安,虽然只出
去四五个月,也像久别回家那样,心里热乎乎的,见到每个人都
感到亲热。不管认识不认识,见到谁都打招呼。会场上那些男
的,女的,都一律穿着灰布军装,朴素整洁,打扮得都那样漂亮。
大家说说笑笑,熙熙攘攘,像欢度快乐的节日一样。是的,正是
欢乐的节日,是第一个五四青年节。就是在那天晚上,我们听了
伟大的领袖毛泽东同志那篇有名的报告:《青年运动的方向》。

说的这时候,是报告完了,热烈的鼓掌、欢呼以后,大家正
极兴奋的时候。那真是"意气风发,斗志昂扬";只是大家酣醉
在幸福里,那时还想不出这样恰当的形容文字。每个人都咀嚼、
回味报告里的深刻意义和警辟的语句:"革命的或不革命的或
反革命的知识分子的最后的分界,看其是否愿意并且实行和工
农民众相结合。""今天到会的人,大多数来自千里万里之外,不
论姓张姓李,是男是女,作工务农,大家都是一条心。"咀嚼着,
回味着这些语句,同时等候大合唱开始。

露天会场。西边是黑黝黝的群山。东边是流水汤汤的延

河，隔河是清凉山。南边是隐隐约约的古城和城上的女墙。北边是一条路，沿了延河，蜿蜒过蓝家坪、狄青牢，直通去三边的阳关大道。合唱开始，大概已经是夜里十一点了。

就在那样不平凡的时刻，在那个可纪念的地方，我第一次听见唱：

> 二月里来，好风光，
> 家家户户种田忙。……

冼星海同志指挥得那样有气派，姿势优美，大方；动作有节奏，有感情。随着指挥棍的移动，上百人，不，上千人，还不，仿佛全部到会的，上万人，都一齐歌唱。歌声悠扬，淳朴，像谆谆的教诲，又像娓娓的谈话，一直唱到人们的心里，又从心里唱出来，弥漫整个广场。声浪碰到群山，群山发出回响；声浪越过延河，河水演出伴奏；几番回荡往复，一直辐散到遥远的地方。抗日战争的前线后方，有谁没有听过，没有唱过那种从延安唱出来的歌呢？

延安唱歌，成为一种风气。部队里唱歌，学校里唱歌，工厂、农村、机关里也唱歌。每逢开会，各路队伍都是踏着歌走来，踏着歌回去。往往开会以前唱歌，休息的时候还是唱歌。没有歌声的集会几乎是没有的。列宁记十九世纪七十年代德国工人歌咏团，说他们是在法兰克福一家小酒馆的一间黑暗的、充满了油烟的里屋集会，房子里是用脂油做的蜡烛照明的。在黑暗的时代里，唱唱歌该是多么困难啊。在延安，大家是在解放了的自由的土地上，为什么不随时随地、集体地、大声地唱歌呢？每次唱歌,都有唱有和,互相鼓舞着唱,互相竞赛着唱。有时简直形成歌的河流,歌的海洋。歌声一波未平,一波又起,接唱,联唱,轮唱,使你辨不清头尾,摸不到边际。那才叫尽情地歌唱哩!

唱歌的时候,一队有一个指挥。指挥多半是多才多艺的,既能使自己的队伍唱得整齐有力,唱得精采,又有办法激励别的队伍唱了再唱,唱得尽兴。最喜欢千人、万人的大会上,一个指挥用伸出的右手向前一指,唱一首歌的头一个音节定定调,全场就可以用同一种声音唱起来。一首歌唱完,指挥用两臂有力地一收,歌声便戛然停止。这样简直把唱歌变成了一种思想,一种语言,甚至一种号令。千人万人能被歌声团结起来,组织起来,踏着统一的步伐前进,听着统一的号令战斗。

延安唱歌,也有传统,那就是陕北民歌。

"信天游"唱起来高亢、悠远,"蓝花花"唱起来缠绵、哀怨。那多半是歌唱爱情,诉说别离,控诉旧社会剥削压迫的。过去陕北地广人稀,走路走很远才能碰到一个村子,村子也往往只有几户人家散落在山峁沟畔。下地劳动,或者吆了牲口驮脚,两三个人一伙,同不会说话的牲口嘀嘀冬冬地走着,够寂寞,诉说不得不诉说的心事,于是就唱民歌。歌声拖得很长很长,因此能听得很远很远。人还没看见,已经先听见歌声了;或者人已经转过山头望不见了,歌声还余音袅袅,不绝如缕。

时代变了,延安的歌就增加了新的曲调,换上了新的内容。二十年前那个时候,主要是歌唱革命,歌唱领袖,歌唱抗战,歌唱生产。延安唱的歌很快传到各抗日根据地,后来又传到一个接一个的解放了的地区。日本投降以后,哪里听到延安的歌声,哪里就快要解放了。延安的歌声直接变成了解放的先声,譬如《三大纪律,八项注意》那首歌吧,从苏区唱起,一直就是红军、八路军、新四军和人民解放军的先遣部队。哪个地方的人民最痛苦,哪个战场上的战斗最艰巨,这首歌就先到哪里。听见这首歌,连小孩子都知道人民的救星来了,毛主席的队伍来了。它是黑夜的火把,雪天的煤炭,大旱的甘霖。人们含着笑又含着欢喜的眼泪听这首歌。我甚至养成了这样一种习惯,听别人唱这首歌,仿佛也是自己在唱。听见声音,仿佛同时看见了队伍,看见了队伍两旁拥挤着欢迎队伍的人群。人群里,年长的是大娘,大爷,同年的是大哥,大嫂,兄弟,姊妹,都是亲人。又仿佛队伍同时是群众,群众又同时是队伍,根本分不清。这首歌,唱一千遍,听一万遍,我都喜欢。

这里就不说我喜欢那首唱遍世界的歌《东方红》了。那是标志着全国人民对伟大领袖衷心爱戴的歌,又是人民群众自己创作的歌。谁不喜欢呢?从心里,从灵魂的深处。

一九六一年十月一日

阅读心得

歌声总是会带给人丰富的情感体验,战争时期的歌声,给吴伯箫留下了深刻的印象。

写作借鉴

作者以歌声为线索,连接不同时期的经历,巧妙地引出当年的故事与记忆。同学们在写作文时,也可借鉴这样的方法。

难 老 泉

名师导读•••

　　因为山西境内有晋水，这块土地上的先人曾经改国号为晋，这就是山西简称"晋"的由来。晋祠是为了纪念先祖而修建的，晋祠有三绝，最著名的莫过于难老泉。作者的这篇《难老泉》，就给我们讲述了这眼老泉的动人故事。

　　当铺，钱号，窄轨道，已经随着土皇帝的覆灭最后湮没了；煤炭，汾酒，老醋，却在人民的生活里广泛散发着热力和芳香。山西是个宝地，太行山，吕梁山像两只巨大的膀臂从东西两面环抱着它；黄河，汾河像两条鲜血流注的动脉滋润着它。谷物和矿藏显示着大地的富饶，抗日战争的业绩歌颂着人民的英勇。这里的高山，密林，城镇，村落，哪里没有写过可歌可泣的故事呢？二十几年前在游击队里跟这个地区建立起来的血肉感情，现在依然是炽热的。像回故乡一样，我们带着浓挚的怀想踏进了山西。

　　山西的省会太原，是一座古老的美丽的城市。滚滚的汾河从城西流过。东有东山，西有西山，北有卧虎，南有鸡笼，太原正好坐落在一个肥沃的盆地里。城里一片黑瓦房，密密匝匝，处处是高墙深巷，几进的庭院。不过比起解放后的新建设来，旧城显得太局促了。在宏伟的建设规模里，旧城只能算一个小小的角落。新建设中,不说别的,只城外一条宽阔的迎泽路,两旁就都是四层五层的高楼。迎泽路向西延伸,横跨汾河是一座十八个桥墩的迎泽桥,桥又宽又平,一直伸到西山脚下。这里矗立着多少厂矿的烟囱,浓烟弥漫,告诉人新兴的工业是多么发达;街街巷巷熙来攘往的人群,有说有笑,呈现着一种繁荣的景象,欢乐的气氛。

过迎泽桥向南,沿西山山麓走五十里,是晋祠。在晋祠,我们访问了"难老泉"。

"难老泉",听听名字就给人一种年轻的感觉。不必看见,就仿佛已经看见了。那喷涌的水源,那长流的碧波,永远是活泼泼的,青春常在的。在《滕王阁序》里王勃慨叹说"冯唐易老,李广难封",比较起来,这难老泉实在值得叫人赞赏羡慕。

泉,论历史实际倒是很老的。从地质考察,据说有两万万年或者有三万万年呢。据文字记载,"难老泉"是晋水的主要源头。古时候晋国因晋水得名,晋国若是从"桐叶封弟"算起,到现在也该有三千多年了吧。"桐叶封弟"的故事,历史传说是这样的:

西周初年,武王姬发死后,他的大儿子姬诵还很小,就由周公姬旦扶助做了国君,就是成王。有一天,姬诵和弟弟叔虞在一块玩儿,他把一个桐叶剪成圭形,送给叔虞说:"我拿这封你吧。"叔虞把这件事告诉了周公,周公就问姬诵:"你要封叔虞吗?"姬诵说:"我是跟弟弟说着玩的。"周公说:"天子无戏言。"于是姬诵就把叔虞封为唐的诸侯。

叔虞到了唐,发挥了自己的智慧和才能,领导人民改良农田,兴修水利,发展农业,使人民生活逐渐安定富裕,就成为唐人爱戴的封建领主。

叔虞死后,他的儿子燮,因为境内有晋水,就改国号为"晋"。山西简称晋省,就是从这里来的。后人为了纪念叔虞,在晋水源头建立了一座庙祀奉他,这就是"晋祠"。

晋祠坐西向东,前临曲沼,后拥危峰,水秀山明,风景是很优美的。郦道元的《水经注》记载:"沼西际山枕水,有唐叔虞祠。"看来晋祠在北魏以前就有了。当初也许规模并不很大,经过北齐高欢父子在这里起楼阁,筑池馆;唐太宗李世民亲自写了《晋祠之铭并序》;宋仁宗赵祯又在晋祠西端为叔虞的母亲邑姜修了宏伟壮丽的圣母殿,一代一代重修增建,现在已经成了一组祠庙建筑群。里边殿堂楼阁,亭台桥坊,足有三百多项名胜古迹。像"鱼沼飞梁""莲池映月""双桥挂雪",每一种景物都各具形势,各有特色。其中"晋祠三绝",更深深吸引着游人的欣赏和流连。

"晋祠三绝",一绝是"宋塑侍女"。在圣母殿里围绕着邑姜凤冠霞帔的座像,有四十四尊侍女塑像。据说是宋朝的作品。塑像塑得精致,细腻,一个个都像活的。虽然身体的丰满俊美,脸形的清秀圆润,神态的婉约自然,都有共同的地方,但是四十四尊四十四个样子。有的像在沉思,有的像在凝视,有的像在缓歌徐吟,有的像在低声细语,还有的微笑,有的轻颦……衣裳,服饰,颜色,一切都那样逼真;走近去,你仿佛会听得见她们说笑的声音,会感觉出她们呼吸的温馨。

二绝是"古柏齐年"。传说西周初年这里栽有两株柏树,因为同样古老,所以叫"齐年柏"。可惜有一株在清朝道光年间被砍伐了。剩下的一株,横卧如虬龙,斜倚在擎天柏上,披覆在圣母殿左侧。另有一株"长龄柏",传说是东周时候栽的。

三绝就是"难老泉"。

"难老泉"的来历,有一个美丽动人的故事:

　　传说在晋祠北边二十里地的金胜村,有一个姓柳的姑娘,嫁给了晋祠所在地的古唐村。她婆婆虐待她,一直不让她回娘家,每天都叫她担水。水源离家很远,一天只能担一趟。婆婆又有一种脾气,只喝身前一桶的水,故意增加担水的困难,不许换肩,折磨她。有一天,柳氏担水走到半路上,遇到一个牵马的老人,要用她担的水饮马;老人满面风尘,看样子是远路来的,柳氏就毫不迟疑地答应了,把后一桶水递给了马。可是马仿佛渴极了,喝完后一桶水连前一桶的也喝了。这使柳氏很为难:再担一趟吧,看看天色将晚,往返已经来不及了;不担吧,挑着空桶回家,一定要挨婆婆的辱骂鞭挞。正在踌躇的时候,老人就给了柳氏一根马鞭,叫她带回家去,只要把马鞭在瓮里抽一下,水就会自然涌出,涨得满瓮。

　　转眼老人和马都不见了。

　　柳氏提心吊胆地回家,试试办法,果然应验。以后她就再也不担水了。婆婆见柳氏很久不担水,可是瓮里却总是满的，很奇怪。叫小姑去看，发现了抽鞭的秘密。又有一天，婆婆破天荒允许柳氏回娘家，小姑拿马鞭在瓮里乱抽一阵，水就汹涌喷出，溢流不止。小姑慌了，立刻跑到金胜村找柳氏。柳氏正梳头，没等梳完，就急忙把一绺头发往嘴里一咬，一口气跑回古唐村，什么话没说，一下就坐在瓮上。从此，水从柳氏身下源源不断地流出，流了千年万年，这就是"难老泉"。

这故事的题目叫作《饮马抽鞭，柳氏坐瓮》。晋祠背后的山叫悬瓮山，《山海经》里说："悬瓮之山，晋水出焉。"这大概就是"柳氏坐瓮"的根源。泉水从一丈深的石岩里涌出来，真有点像从瓮里涌出的样子。水的流量不小，一秒钟一点八吨。流水永远不停，雨涝不增，天旱不减。水微温，通常是摄氏十八度。泉水澄清碧绿，像泻玉泼翠一样。李白游晋祠曾题诗说："晋祠流水如碧玉，百尺清潭泻翠娥。"可以想见它的美丽。这道泉水，和鱼沼泉、善利泉，汇成晋水南北两渠。除了供应居民食用，可以灌溉三万亩农田，开动一百盘水磨。范仲淹游晋祠曾赞美说："千家灌禾稻，满目江南田。"

从"难老泉"向前走几步，有水潭叫"不系舟"。水潭四周用汉白玉低栏围成船的样子，因此得名。潭水冬温夏凉，寒天水汽蒸腾，像云雾一样。水面有浮萍，潭底有水草，都冬夏常青。长长的水草随着流水波动，像风吹麦浪，荡漾起伏。有人题诗说："涓涓难老泉，分流晋祠侧，中有长生萍，冬夏常一色。"水潭中间是"中流砥柱"，也有一个令人惊心动魄的传说：

　　几百年前，这里南北两渠的农民，由于地主土豪的挑拨，经常为争水互斗。天越旱，斗得越厉害。后来官府设下毒计，说要"调解"纠纷，就在潭边支一口滚沸的油锅，锅里放十枚铜钱，说："哪方有人能当众从锅里取出几枚铜钱，以后就分几分水量，判定之后，永免争执。"这时候，从北渠的人群里，走出了一个青年，勇敢地伸手从油锅里取出了七枚铜钱，于是北渠的农民就永远得七分水量。可是那青年受烫伤过重，当场死去了！

　　青年姓张，是晋祠山边花塔村人，人们称他为张郎。北渠的群众为了纪念他，就把他的尸骨埋在了"中流砥柱"下面。为了分水，在砥柱东面筑了一道石堤，在堤腰凿了十孔圆洞，南三北七。在东堤又筑了一道人字堰，作为南北两渠的分水岭，以免出堤后水流混合。

　　现在，不管南渠北渠，人民是一家。地成大块，水也统一调度。一边支应新建的热电厂用水，一边灌溉一千顷稻田。

　　一手是工，一手是农，晋水的无限潜力得到充分发挥了。这里边有更多的人用水力再创造的力量。

　　一九五六年初秋，我们一天经历了三十个世纪，欣赏了晋祠那样丰富的文物古迹。当我们出"对越坊"，沿"智伯渠"往回走的时候，回头看参天古木掩映下的楼台殿阁，看一抹果树林株株都满挂着累累的果实。右边十里稻花，左边烟囱入云，实在是兴奋。但是最难忘的还是"难老泉"。

到现在五个年头过去了，"永锡难老"，记忆还是新的。

一九六一年十一月二十日

阅读心得

这篇游记内容深广，艺术画面开阔。作者用颇多笔墨描写太原这"古老的美丽的城市"，越过巨大的时间跨度，将山西的旧貌和新颜交替呈现，把横贯几千年的壮丽图景、新时代的"繁荣的景象，欢乐的气氛"展现在读者面前。既咏古，又颂今，既表现了历史文化的悠久，又歌颂了劳动人民的伟力。文章以难老泉为中心，把景物、传说、古迹、新貌熔于一炉，使形象、感情、文采有机地结合在一起，让读者在获得知识的同时，又获得了美的享受。

写作借鉴

从正面行文看，这是一篇优美的游记散文，而深入探讨题目和内容之间的联系，则表现出更加深刻的题旨。这篇游记采用了"迂回曲折，从远道而来"的方法，目的是加大文章的深度和广度，引起读者的兴趣。题为《难老泉》，但开头却是先写山西，由山西到其省会太原，由太原到晋祠，再由晋祠到难老泉，由外到内、由大到小地引出难老泉，引得读者神思飞驰、兴趣盎然。接着，作者又用"泉，论历史实际倒是很老的"一笔宕开，讲述晋祠的由来和晋祠三绝。写到了难老泉，又宕开写不系舟，最后以"最难忘的还是'难老泉'"收尾，点明题旨。这种"迂回曲折，从远道而来"的写法，不仅给人以天地开阔、深邃幽远之感，还能牢牢吸引读者的视线，具有一种曲尽其妙的动人力量，值得同学们学习借鉴。

窑洞风景

　　了解延安历史的人，对陕北的窑洞一定非常熟悉。当年红军在陕北，住的就是窑洞。由于黄土的直立性很好，黄土高原上的居民选择窑洞来作为传统的民居。作者的这篇《窑洞风景》，就向我们展示了那个红色年代的陕北民居。

　　住窑洞，越住越有感情。那种感情，该像"飞鸟恋旧林，池鱼思故渊"吧，日子越长久，感情越深厚。不过也有些不同，窑洞仿佛是叫人看了第一眼就感到亲切，住了第一天就感到舒适的。窑洞的好处是简单朴素，脚踏实地，开门见山。我不知道历史记载的"采椽不刮，茅茨不剪"的尧舜居处到底怎样，因为年代太远了，没有办法亲自去住住；若拿紫禁城里的宫殿跟窑洞相比，老实说，我喜欢窑洞。

　　窑洞跟房屋不同。房屋要从平地上盖起来，窑洞却要从崖壁上挖进去。我国的西北黄土高原，据说在很古很古的时候，曾经是海底。厚厚的黄土层，是亿万年泥沙的沉淀和风积。黄土层经过日久年远的水土流失，冲刷得轻的成为无数深深浅浅的沟壑，冲刷得重的就是一道道大大小小的峡谷。沟壑的积水成溪流，峡谷的积水成河道。溪流和河道两边，就自然形成坡，岗，山，岭。所以西北的山，往往是土山。土山底下也有石层。

重重叠叠平整的水成岩,可以采来制成石板,用它当屋瓦,或者给小学生拿来写字、演算术。所以"清涧的石板"和"安定的炭"跟"米脂的婆姨绥德的汉"在陕北是齐名的。

山岭的上层总是黄土居多。从沟壑峡谷往上看,那土山土岭的陡坡悬崖,有时可以高到十丈百丈。可是在旁边望着是山是岭的地方,爬上陡坡悬崖也许会是一处方圆几十里的塬。溪流和河道两旁呢,水土继续流失,泥沙继续淤积,就又成为宽宽窄窄的坪坝。这上塬下坝,土地都很肥沃,多半适于种五谷,长庄稼。那硗薄的荒山秃岭,不便耕种的,就滋长野草榛莽,成为天然的牧场。

窑洞,就挖在这类山崖,沟畔,背山临水的地方。

譬如说,把向阳的一抹山坡,从半腰里竖着切齐,切到正面看好像一带土墙的时候,就用开隧道的办法从土墙挖进去,挖得像城门洞那样深浅,像一间屋那样大小,窑洞的雏形就成了。洞口一半垒窗台,安窗户,一半装门框,上门。门窗横过木上边的拱形部分,用窗棂结构成冰梅、盘肠、五角星、寿字不到头等种种图形,成为顶门窗。因此,窑洞虽然只有一面透光,南向、东向、西向的窑洞,太阳一样可以照得满窑通亮。晴朗的夜里,一样可以推窗纳月,欣赏李太白的诗句:"床前明月光,……"

农家住的窑洞,多半是靠窗盘炕,炕头起灶安锅。灶突从炕洞里沿着窑壁直通山顶。常见夕阳衔山的时候,一边是缕缕炊烟从山头袅袅上升,一边是群群牛羊从山上缓缓回圈。"日之夕矣,牛羊下来",正好构成一幅静静的山野归牧图画。若是山高一点,炊烟缭绕,恰像云雾弥漫,又会给人一种"白云深处有人家"幽美旷远的感觉。有的农家窑洞,用丹红纸剪贴了"鲤鱼跳龙门""锦鸡戏牡丹"一类的窗花,或者贴了祝贺新婚和新年那样的"囍"字,就又是一种欢乐气象了。

战争时期干部住的窑洞,往往办公和住宿在一起,那局势和陈设另有一番风味。靠窗放一张不油不漆的本色木桌,一个三只脚的杌子,一条四根腿的板凳,就是全部家具。书架挖在墙里,挎包挂在墙上。物质条件是简单的:窗明几净,木板床上常常只是一毯一被(洗干净的衣服包起来算枕头)。精神生活是丰富的:拥有一壁图书,就足以包罗宇宙万有。沙发也就土墙挖成,一半在墙外,一半在墙里。沙发上放草垫子,草靠背,草扶手,坐上去可以俯仰啸傲,胸怀开阔地纵论天下大事。最好是冬天雪夜,三五个邻窑的同志聚在一起,围一个火盆,火盆里烧着自己烧的木炭。新炭发着毕毕剥剥的爆声,红炭透着石榴花一样的颜色,使得整个窑里煦暖如春。有时用搪瓷茶缸在炭火上烹一杯自采自焙的蔷薇花茶,或者煮一缸又肥又大的陕北红枣,大家喝着,吃着,披肝沥胆,道今说古,往往不觉就是夜深。打开窑洞的门,满满地吸一口清凉的空气,喊一声"好大的雪",不讲"瑞雪兆丰年"吧,那生活的意义是极为丰腴的。捧一捧雪擦擦脸,就是该睡觉的时候神志也会更加清醒。这时候,谁都愿意挑一挑麻油灯,读书或写作,直到天亮。

我怀念起那照耀世界的延安窑洞的灯火了。那灯火闪烁着英明的革命舵手的智慧,那灯火辉映着斧头和镰刀的光辉。革命队伍里谁不传颂那个感动人的故事呢?当《论持久战》正在写作的时候,换岗的警卫同志多少次交接着同样的一句话啊:

"主席还没有休息。"又多少次送去的饭菜凉了,端下来热热,再送去,又凉了。——"窑洞里出真理",是从那个时候大家说起的。从那个时候,不,还要更早,从革命队伍诞生的时候,真理就鼓舞着每一个革命战士的赤心,真理就呼唤着每一支革命队伍前进。在这个意义上,那窑洞的灯火是永远发亮的,那窑洞的灯火所照耀的地方是无限广阔的。

窑洞从山腰挖起,一层一层往山顶挖去。随着山崖的形势挖成排,远远看去就像一带土楼。每层窑洞的前面,用削山和打窑的土,恰好可以垫成一片平地。上下左右的窑洞,高低错落,不一定排列得都很整齐;那整齐的却有时候上一层的平地就是下一层的窑顶。在这种九曲回廊似的窑前平地上,可以种菜,养花,栽树。西湖白堤的"间株杨柳间株桃",被称为江南绝妙景色。这种窑洞建筑的"一层窑洞一层田",不也可以称为塞北的大好风光么?若是种瓜,上层的瓜蔓能够挂到下层的檐头,天然的垂珠联珑,那才真叫难得哩。景致更好,是夜里看,一排一排的灯火,好像在海岸上看航船,渔火千点;也好像在航船上望海岸,灯火万家。

窑洞也有几种。陕北过去的老财,平地盖房子也喜欢砌窑洞。砌石窑、砖窑。砌得讲究的,要窑前出厦,带走廊。窑外油漆彩绘,窑里墁石灰,粉刷成象牙白、鸭蛋绿的颜色。地上铺方砖,烧地炕,更阔绰的还铺地板。贪婪地收了地租和利钱,不恣意享受又干什么呢!革命队伍住窑洞,可不是贪图享受,主要是图打窑洞价廉工省。一把镐头,一张铁锹,一副推车或抬筐,自己动手,十天半月就可以安排一个住处了。为方便,大窑可以套小窑；为防空，窑后可以挖地道。在防空洞里走，西窑里进，北窑里出，一点钟能绕半个山头。抗日战争期间，平原地道战打得敌人晕头转向，窑洞加地道，打起仗来敌人更只有送死或投降的路了。

在关中塬上，我见过平地挖"土城"又在"城墙"上打的窑洞。那土城和窑洞集中的时候，会像蜂房水涡，自成地下村落。那种村落，在远处是看不见的。只偶尔在路上走着，影影绰绰望到不远的地方有一丛两丛树梢，隐隐约约听见哪里有三声五声鸡叫，奔着树梢和声音走去，忽然发现自己仿佛从天而降，已经站在一座土城的城墙上了。在城墙上俯瞰城里，一圈一圈就都是住户人家。跟一般城里不同的是：这样的人家都住在从四周土墙挖进去的窑洞里。城圈的中间，有时也留一座两座土岛。土岛上会是草木扶疏，藤蔓披离。土岛周围也有一些大小不一的窑洞，不过那些窑洞多半不住人，而是养家畜家禽，堆放柴草。土岛和土墙中间，构成环形的街巷，街巷里一样也种菜，养花，栽树（路上望见的就是这些树的梢头）。雨落在街巷里，太阳照在街巷里，"鸡犬相闻"，俨然是世内桃源。

这种住处的特点是：自带围墙，牢固，安全，又不占耕地。窑洞的顶上一点也不妨碍耕种或者走路。清朝沈琨的《过陕》一联说："人家半凿山腰住，车马都从屋上过。"我看写得是相当真实的。

一九六二年六月十一日

阅读心得

对于吴伯箫来说,看到窑洞便会觉得亲切自然,怀念起在延安的时候,窑洞里的主席带给他的感动。不仅如此,在延安长期生活过的吴伯箫,见过各种各样的窑洞,因此,他更加了解窑洞的构造、用法和特点。通过吴伯箫对于窑洞的详细描写,我们可以真切地感受到他对陕北、对延安生活的喜爱与怀念之情。

写作借鉴

这篇文章的场景描写十分出色,吴伯箫在描写战争时期住的窑洞时,使用的场景描写给人留下了深刻的印象。例如,窑洞中家具的摆放、和邻窑的同志们聚在一起,纵论天下大事时的畅快,以及当时火盆中烧红的木炭透着的石榴花一样的颜色,不难看出,吴伯箫对于当时场景的怀念。同学们,在描写场景时,也可以学习这种描写方法,选取场景中印象深刻的部分进行描写,因为细节之处投射出的情感会让文章更加生动感人。

猎　户

名师导读...

　　在那个物资匮乏的年代,人们常常需要上山打猎获取食物。这篇散文就是作者在去拜访猎户的途中的所历所感,让我们跟随作者去了解这些猎户们的生活吧。

　　秋收,秋耕,秋种,都要忙完了。正是大好的打猎季节。我们到红石崖去访问打豹英雄董昆。

　　深秋的太阳没遮拦地照在身上,煦暖得像阳春三月。一路上踏着软软的衰草,一会儿走田埂,一会儿走沟畔,不知不觉就是十里八里。田野里很静,高粱秸竖成攒,像一座一座的尖塔;收获的庄稼堆成垛,像稳稳矗立的小山。成群的鸽子在路上啄食,频频地点着头,咕咕咕呼唤着,文静地挪动着脚步。它们不怕人,只是在人们走近的时候,好像给人让路一样,哄的一声飞起,打一个旋,又唰的一声在远远的前面落下。村边场园里,晒豆子的,打芝麻的,剥苞米的,到处有说有笑,是一派热闹的丰收景象。

　　我想:董昆是什么样子呢?可像家乡的尚二叔?

　　小时候,在离家八里地的邻村上学。寄宿。晚上吃完了从家里带的干粮,等着念灯书的时候,总爱到学校门口尚二叔家去串门儿。尚二叔是打猎的,兼管给学校打更。不知道他的身世怎样,只记得他一个人住在一间矮小的茅屋里,孤单单地,很寂寞，又很乐观。他爱逗小学生玩儿，爱给小学生讲故事。当时我很喜欢他门前的瓜架，苇篱圈成的小院子和沿苇篱种的向日葵。我也喜欢他屋里的简单陈设：小锅，小灶，一盘铺着苇席和狼皮的土炕；墙上挂满了野鸡、水鸭、大雁等等的羽毛皮，一张一张，五色斑斓。最喜欢当然是他挂在枕边的那杆长筒猎枪和一个老得发紫的药葫芦。

跟着尚二叔打猎，在我是欢乐的节日，帮着提提药葫芦，都感到是很美的差使。尚二叔打猎很少空着手回来，可是也不贪多。夏天的水鸭，秋天的雉鸡，冬天的野兔，每次带回不过两只三只。打猎归来是一种地地道道的凯旋，背了猎获的野物走在路上，连打猎的助手也感觉到有点儿将军的神气。猎罢论功，我的要求不高，最得意是分得一枝两枝雉鸡翎。

可是在邻村读书只有半年，新年过后就转到本村新办的启蒙学校了。打猎的生活从此停止。抗日战争期间，自己扛过长枪，也带过短枪，可是都没有舍得用那时比较珍贵的子弹去猎禽猎兽。这次走在访问猎户的路上，才忽然想到自己原来对打猎有着这样浓厚的兴趣。

"咱们先绕道去望望'百中'老人吧。"顺路陪我们的林牧场场长仿佛看透了我的心事，就这样自动地建议。他说："老人是老打坡的，夜里能够百步以外打香火，那是名副其实的百发百中。老人姓魏，得了'百中'这个绰号，真名字反而很少人叫了。他住得不远，就是那个有三棵老松树的村子，冯岗。老人七十三岁了，可是你看不出他衰老的样子。耳不聋，眼不花，爬山越岭，脚步轻快得连小伙子都撵不上。"

可是不巧，我们到冯岗的时候，老人的屋门锁着。听柿树底下碾新谷的一位大娘说："老人昨天就上山打獾去了。"接着解释："收豆子、红薯的时候，獾正肥哩。肉香，油多。俗话说'八斤獾肉七斤油'啊。"山里的人看来谁都懂得打猎的道理。

"老人能到哪儿去？"

"拿不准啊。左右在这一带山里。"

"几时能回来？"

"那也说不定。少了三天五天，多了十天半月。他带着枪，到哪里都有吃有住。咱这周围百儿八十里谁不知道'百中'老人呢？何况现在是公社，他是咱公社打猎的老把式，到哪里还不是家？"我联想到了唐朝贾岛的诗句："只在此山中，云深不知处。"心里有些怅惘，可是也更增加了对老人景慕的感情。

场长说："走吧，老人跟董老大最熟，说不定到红石崖去了呢。碰不到他也不要紧，反正老人的本领大家都晓得。——有一次，也是秋天，我跟老人一道儿赶集，他问我，'吃过獾肉没有？'我说，'没有，怎么样，请客吗？'他说，'獾肉好啊，是医治牲口的良药，明天打一只来你尝尝。'我说，'不容易吧？'他说，'试试看。'第二天他真的就掂来了一只獾。满不在意地招呼说，'就撂在这儿吧。'摸摸獾身上还有点儿温呢。"

走下一道山岗，沿着一条鹅卵石的河道进山。潺潺的流水，一路奏乐作伴。路旁边，一会儿噗楞一声一只野鸡从草丛里飞起，那样近，仿佛伸手就可以捉住似的。可是太突然，等不到伸手，它已经咯咯地飞远了。一会儿又从哪里惊起一只野兔，也那样近，你差一点儿没踩到它。可是来不及注意，它又已经一蹦一跳，左弯右拐，拼命地跑得只剩下忽隐忽现的模糊踪影了。你的眼睛紧紧跟着那模糊的踪影，它会把你的视线带进一带郁郁苍苍的山窝。那山窝就是红石崖。

红石崖，山窝里散乱地长满了泡桐、乌桕、楝、楸、刺槐等杂色树木。三面山坡上有计划地栽种了檞树和马尾松，翁郁苍翠，看样子怕已经成活六七年了。从沟底顺斜坡上去，是一排一排的牛棚、马棚。平地整畦，是一片一片的菜园、苗圃。几百箱蜜蜂，嗡嗡扬扬像闹市。四五个羊群牧放在东西山腰，远看像贴山的朵朵白云。自然环境里有整饰的规划，野生的动物植物衬托出人工饲养和栽培的巧夺天工。真是又林又牧，好不繁茂兴旺。

可是又不巧，踏上红石崖，不但"百中"老人没有来，就连董昆也到县城领火药去了。场长怕我们失望，立刻带我们到山上山下参观，介绍给我们看董昆他们打的野物皮子：狐狸、貉子、獾、水獭、野猫……种类实在不少。据统计，去年一年他们打猎小组打了四百三十六张大皮子哩。加上兔子和野鸡，足够一千只冒头。场长还特别拿出一支中式钢枪给大家观赏。那是董昆打死了金钱豹以后，劳动英雄大会发给他的奖品。枪号是532。

看看天色晚了，外边不知什么时候渐渐沥沥地落起雨来。深山雨夜，格外感到林牧场的温暖。晚饭桌上摆满了热腾腾的蒸红薯，葱炒橡子凉粉和滚烫的新谷米汤。够丰盛了，场长却抱歉地说："可惜董昆他们不在，不然应该请你们尝尝这里新鲜的山珍野味。"可是那一夜，我们看的，听的，哪一样不新鲜呢，哪一样不紧紧联系着山珍野味呢？

"山里人家一夜穷"。野猪一夜工夫能拱完一亩红薯。狼、豹会咬死咬伤成群的牛羊。山居打猎,一举两得:既生产肉食毛皮,又保护庄稼牲畜。所以林牧场设有打猎专业小组。打猎的讲究不少:雉鸡、野兔要白天打,叫打坡;野猪、狐、獾、狼要夜里打,叫打猎。打猎要认路:狼有狼道,蛇有蛇踪。狼走岭脊,狐走山腰,獾走沟底。打啥要有啥打法:"暗打狐子明打狼。"打狼要招呼一声:"哪里去?"狼停住一看的工夫,镗的一声枪响了,准中。有的打猎要下炸弹,把炸弹包在油饼里,猎物闻到香味来吃,一咬就把嘴炸烂了,不死再打也容易。小兽用火枪打,大兽用钢枪打。捉活的要下拍子,挖陷阱。捕蛇还要在蛇路上下刀子。蛇爬过来的时候,微露地皮的锋利刀尖,可以把蛇的腹部从头一豁到尾。……不过,"畋不掩群,不取麛夭;不涸泽而渔,不焚林而猎。"狩猎也要"护、养、猎并举"。

娓娓动听的一部猎经,真可以使猿倾耳,虎低头。

那一夜我不知道睡着没有,仿佛睡里梦里都跟醒着一样,趣味横生的打猎故事,生动,惊险,经历了一场又一场。早晨,深深呼吸满山满谷带霜的新鲜空气,感到精神抖擞,浑身是力量,仿佛一夜的工夫自己变成了一个能够上山擒虎、入水捉蛟的出色猎手。辞别场长出山的时候,自己也仿佛不是离开红石崖,倒像在酒店里喝足了"透瓶香",提了哨棒,要大踏步迈向景阳冈。

这时候倒真巧了,我们在林牧场木栅栏门跟前,顶头遇到一位彪形大汉。我们几个人不约而同,都冒叫了一声:"你是董昆同志吧?"宽肩膀,高身材,手粗脚大,力气壮得能抱得起碾滚子,——貌相跟传说中的打豹英雄这样相似,不是他该是谁呢?

"是我。"回答证明我们的招呼不算冒失。

"怎么,你们要走吗?"大汉的反问却使我们有点儿吃惊了:他知道我们是谁?他接着说明:"晚上在县里接到电话,说有客人找我,鸡叫赶着往回走,想能碰到,果然真的碰到了。走,再回去谈谈吧。"董昆,人很爽快,又有些腼腆,看他眯缝着眼睛,好像随时都在瞄准的样子。不笑不说话,一笑眼睛就眯得更厉害,可是眼睛微微睁一下,就有一种闪烁的射人的光芒。据说在漆黑的夜里,他能识别猎物的踪迹哩。

"……十四岁开始打猎,打了二十多年了。起初给地主看羊。羊叫狼吃了两只,自己挨了一顿皮鞭。那时候不懂得革命,恨地主也恨在狼身上,想:'弄杆枪打狗日的!'这样我就跟狼拼上了,见了就打。抗日战争期间,在游击小组,没说的,鬼子、国民党跟狼一齐打。前年,金钱豹吃牛,吃羊,闹得很凶。我想:'怎么没让我碰见呢?'后来邻居一个小姑娘,上山打柴,一夜没有回来。找遍半个山,只在半山坡上找到一只鞋子。我想:'来了!'腊月十九下大雪,半人深。我们就计划打豹子。打豹子,先用炸药炸,后跟血迹撵。四天四夜,累了就扒开雪堆蹲一会儿。走过龙天沟、卧虎寨、蜘蛛山……先后打了二三十枪,豹子伤得很厉害,可是还没打死。火枪不顶事啊!在恶石寨的山沟里,我头顶住豹子的下巴,两手紧搂住豹子的腰身,跟它打了二十多个滚。从绑腿拔刀子,因为冻了没拔出来,用右手使劲把豹子一推,不想豹子的爪子抓了我的右胳膊,从肩头一直划到手指。一条血窟窿。有的筋都差点儿断了。我们小组的老李给了豹子最后一枪,才算把它结果了。"

这已经不单是有趣的故事,而是真实的血淋淋的搏斗了。

胜利是斗争和艰辛换来的。董昆从衣袖褪出右臂,我们带着钦敬的心情仔细看了那条微微隆起的伤痕。当我们不停地嘘唏赞叹的时候,董昆自豪地说:"现在我们打猎小组的人都是民兵。我们保护生产,也保卫治安。野兽也好,强盗也好,只要害人,不管它是狼,是豹,还是纸老虎,我们统统包打。不怕撵到天边地边或者受尽千辛万苦,要打就一定把野兽和强盗消灭!"

谈着谈着,不觉已经是晌午。

天晴了。很好的太阳。

一九六二年九月二十日

阅读心得

　　文章着重刻画了红石崖打豹英雄董昆的形象。董昆十四岁就开始打猎,已有二十多年的打猎经历。他和他的林牧场打猎小组一年可打"一千只冒头"的野物,"既生产肉食毛皮,又保护庄稼牲畜"。文章通过打豹英雄董昆的动人事迹,反映了山林猎户吃苦耐劳的品质和强悍豪爽的性格,赞美了林牧场猎户为"保护生产,也保卫治安"做出的新贡献。

写作借鉴

　　这篇文章采用了逐步铺垫、层层映衬的写法,写得跌宕生姿,曲折有致。作者在点明题意之后,并没有让主角立马出场,而是使用较多的篇幅来介绍配角,以此来使后文中主角的故事情节和矛盾冲突更加完整,同时又增加了阅读的趣味,值得同学们学习借鉴。

第四编

雷雨里诞生

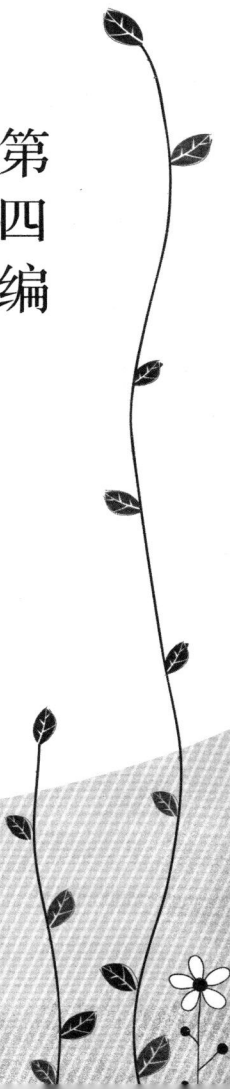

雷雨里诞生

📖 名师导读...

　　中华人民共和国的成立,揭开了中华民族崭新的篇章。我们无法亲身感受当年的振奋场景,但我们可以跟随作者的视角,一起见证这伟大时刻的诞生。

【开门见山】
　　文章开头直接交代主题,也为下文的具体叙述做铺垫。

【语言描写】
　　战友相见时的语言体现了战争历时之久,也表现了他们重逢后的喜悦之情。

　　庆祝解放后第一个"七一",是一九四九年新中国成立的前夕。那是一个喜庆的日子,雷雨里诞生的日子。

　　广泛群众性的庆祝大会,是晚上在先农坛体育场举行的。第二天全国文代大会要在怀仁堂开幕。扬子江南北,万里长城内外,参加过抗日战争又三年解放战争的文艺战线的战士正从各路会师,云集中南海、紫禁城。征尘点缀着笑靥,矜持掩映着狂欢,把酒畅饮,握手倾谈,谁都为艰苦斗争换来的胜利,弥天炮火赢得的和平,迸发着内心积压的喜悦和悲酸。"我们是没见过面的战友啊!""敌人造谣说你被活埋了,见鬼!你却活得比十多年前还年轻!"熠熠骄阳当头,猎猎红旗飘舞,崇高的理想实现了!

　　文艺工作者七百多人,傍晚集合在红墙绿瓦

的天安门前。这里,清朝末年演过"公车上书",一九一九年发生过伟大的五四运动,"五卅"时,举行过游行示威,还有"一二·九"轰轰烈烈的学生运动,……飞跃前进的时代步伐,潮流震撼中外。但是,浩浩荡荡的文艺大军,庆祝"七一",更迎接一个崭新的世界,却是四分之一世纪中的头一次。长长的二路纵队蜿蜒行进在正阳门大街,自成行伍。从根据地来的,保持着工农兵的朴素作风,来自新解放区的,争着摆脱旧社会的因袭,共同的愿望是向劳动人民看齐。有的是老朋友,有的是新相识,仰慕,学习,形成一派团结融洽空气。记得我的同伍是京剧著名演员程砚秋同志。程派抑扬婉转、柔里有刚的剧艺唱腔,和他光艳照人的闺秀扮妆,在当学生的时候,我是爱慕者。在日寇侵略期间,他决心不演戏,留起髭须,隐姓埋名,到乡村种地,高洁的民族气节,更引起我的崇敬。这次列队同伍,简直是奇遇。

那次旷古没有过的聚会,对谁不是奇遇呢?队伍从金水桥边出发,走过十里长街,直到登上体育场阶梯看台,大家都是肩并肩前进,肩并肩落座。各有各的技艺短长,各有各的曲折道路,为了共同的革命目标走到一起来了。彼此谈话不多,心头却都翻涌着新天地的欢乐,并逐渐形成抒发这种欢乐的共同曲调、语言。

【列举说明】

列举说明天安门前发生了很多著名的历史事件,为下文的庆典做铺垫。

【侧面描写】

以程砚秋为例,写出参加游行的队伍来自各个行业,也从侧面体现出举国欢乐的欢庆场面。

【场面描写】

通过对队伍经过金水桥时训练有素的场面进行描写,表现出大家激昂亢奋的精神面貌。

【环境描写】

环境描写渲染了当时的紧张气氛，为下文写肃穆的场景做铺垫。

【心理描写】

运用心理描写，写出了人们在大会正式开始前等待的紧张心理。

【场景描写】

此处对秧歌队、团体舞、小学生等群众进行了详细的描写，体现出大会的热闹。

不过，队伍还在行进的时候，天空就布满了乌云，苍然老城被压得透不过气来。战友们随时都警惕着暴风雨的来临。果然，我们刚刚在看台上坐下，闪电划破浓云，格隆隆一声霹雳，瓢泼大雨就劈头盖脸倒下来了。对满场的群众都是难以幸免的袭击。但是，没有谁发命令，也没有谁出来维持秩序，上万人的集会竟很少有人挪动，更少有人站起来跑到哪里去躲躲，避避。听不到喧闹，听到的只是一片雨声。这时候，人们在想什么呢？在想：大会就要开始了吧？电光是照明，雷声是礼炮。会场气氛一下进入了高度的肃穆昂扬，人们的精神也更加抖擞奋发。

看看邻座，雨水从头浇到脚，看不出有谁有半点畏缩。像树木、庄稼，越浇越青翠，越旺盛。在这大自然的洗礼中，人不禁引起自豪和骄傲。默默地想：这就是革命队伍应有的英雄本色。

雷雨来得很猛，去得也很快。大约二十分钟，突然雨停了，云散了，换来一碧晴空。晴空挂起的是皎洁的明月。

一会儿，体育场中心，秧歌队敲起锣鼓出场了。团体舞翩翩挥动起打湿了的红绿彩绸。小学生像带露的花枝在做操，唱歌。全场顿时欢腾起来。填满人群的圆形体育场仿佛在跟天上的明月比团圆，比光辉。玉兔、嫦娥，"高处不胜寒"，怎比得人间的胜利、欢乐?

正是这时候,《东方红》乐曲响了,毛泽东同志由周恩来、朱德同志等陪同走上了主席台。已经是夜里,那时没用探照灯,在几盏煤汽灯光的照耀下,人们清楚地看到了他们魁梧高大的身影。毛泽东同志挥手向全场群众招呼,像建国后二十六年每逢盛大节日在天安门城楼向集合在广场的群众招呼一样,群众同报以热烈的鼓掌,纵情的欢呼。

"七一",正是雷雨里诞生的。记忆里,毛泽东同志没有讲很多话,印象最深的是:当群众齐声高呼"万岁"的时候,毛泽东同志亲切地回答了"同志们万岁!"群众爱戴领袖,领袖热爱群众,心心相通。崇高的感情,两个"万岁!"充分表达了。

宏伟,热烈,震天撼地的场面,不知曾留下实况录音没有?落雨,夜间,摄影是困难的。若是曾留下录音的话,真希望每逢党的节日,都向群众演映放送。在一千一万个地方,演映放送一千次一万次。

雷雨里诞生,不只说那次庆祝会,那是战斗的党的象征,是艰难缔造的新中国的象征。郭老当场朗诵的诗篇正是:

新中国啊!
你这伟大的巨人!
……

(选自《战地》1979年第4期)

【外貌描写】
运用外貌描写,写出毛主席等领导人的外形,也体现出他们在人民心中伟岸的形象。

【引用】
引用郭老的诗,总结全文,升华主旨,表达出作者对中华人民共和国成立的激动心情。

阅读心得

对于中国人来说，1949 年是中华人民共和国成立的伟大日子，值得所有人狂欢庆祝。但在庆祝进行的时候，天空却布满了乌云——暴风雨即将来临了。但令人感动的是，尽管暴风雨来了，上万人的集会却少有人躲避风雨，而是在风雨中，更加精神抖擞地见证中华人民共和国在雷雨里的诞生。正如作者所说，雷雨里诞生的不仅是那令人震撼的庆祝会，更是伟大的中华人民共和国的诞生，热烈的庆祝场景令人振奋且动容。

写作借鉴

一篇好的文章，总是离不开一个稳定的、牢固的、正确的中心思想。一篇好的记叙文，也需要有一个明晰的中心思想来进行支撑，尤其是对政治事件进行叙述时，更需要树立正确的价值观和世界观，表达正确的政治观点。大家可以借鉴吴伯箫的这篇文章，将雷雨后诞生的庆祝会同经历了战争风云后诞生的中华人民共和国进行比拟，文章的重点虽然是写雷雨后的庆祝会，但文章的中心思想却是在赞颂经历战争风云后的新中国。因此，观点明确、意义深刻的中心思想能使文章散发出动人的魅力。

"早"（节选）

 **名师导读**

　　说起"早"，大家想起的肯定是鲁迅先生为了勉励自己在桌子上刻的"早"字，鲁迅先生是在什么事情的刺激下突然产生了想要刻字的想法呢？大家是如何看待这件事情的呢？大家又是如何勉励自己的呢？

　　这一个字，散发着幽香，放射着光芒……

　　深冬，酿雪的天气。我们在绍兴访问三味书屋。从新台门走几分钟，过一道石桥，踏进坐南朝北的黑油竹门就到了。

　　三味书屋是三间的小花厅。还没进门，迎面先扑来一阵清香。那清香纯净疏淡，像是桂花香，又像是兰花香。细想又都不像。因为小寒前后，桂花早已开过，兰花却还要迟些日子才开。是什么香呢？据说"三味"是把经书比作五谷，史书比作蔬菜，子书比作点心的。也许是书香？三味书屋是几十年前的书塾，当年"诗云""子曰"，咿咿哑哑的读书声街上都能听得到，盛极一时。现在是鲁迅博物馆的一部分。过去在那里教书的先生和读书的学生，现在差不多都已经成了古人了，访问的人只能凭着书屋里的遗物来想象他们的音容笑貌。遗物里书是不多的，博物馆的意义也不在藏书。

书屋的局势是这样:西向,门两边开窗。南墙上有一个圆洞门,里边有小匾题"停云小憩"。东面正中挂一幅画,画上古树底下站着一只梅花鹿。那是当年学生朝着行礼的地方。画前面,正中是先生的座位,朴素的八仙桌,高背的椅子,桌子上照老样子整齐地放着纸墨笔砚和一条不常使用的戒尺。学生的书桌分列在四面,东北角上是鲁迅用过的一张,当年鲁迅就在那里读书,习字,对课,或者把"荆川纸"蒙在《荡寇志》《西游记》一类的小说上描绣像。现在所有书桌旁边的椅子当然都是空的。想到几十年前若是遇到这种情形,寿镜吾老先生该会喊了吧:"人都到哪里去了!"默默中我仿佛听到了那严厉的喊声,同时记起鲁迅在文章里写过书屋后面有一个园,学生常偷空到那里"爬上花坛去折蜡梅花,在地上或桂花树上寻蝉蜕"。

我也忽然明白了清香的来源:是蜡梅花。

迈进后园,蜡梅开得正盛,几乎满树都是花。那花白里透黄,黄里透绿,花瓣润泽透明,像琥珀或玉石雕成的,很有点玉洁冰清的韵致。落花也不萎蔫,风吹花落,很担心花瓣会摔碎。那硬挺的样子,仿佛哈口气会化,碰一碰会伤。但是梅花可并不是娇嫩的花,它能在数九隆冬带着雪开哩。"众芳摇落独鲜妍",天气越冷,开得越精神。这株蜡梅既然是鲁迅早年的游伴,现在该足满一百岁了吧?"老梅花,少牡丹",梅花的植株以年老的为好,看这株梅花开的热闹劲儿,怕正是又年老又年轻的。就季节说,梅飘香而送暖,雪六出以知春,梅花开的时候,也正预示着春天的到来。二十四番花信风,一候是梅花,开得最早。

早啊!鲁迅的书桌上就刻着一个"早"字。

那个字有这样一段来历：说是鲁迅的父亲生病的时候，鲁迅很忙。一面上书塾，读九经(五经加四书)，一面要帮家务，天天奔走于当铺和药铺之间。有一天早晨，鲁迅上学迟到了。素以品行方正、教书认真著称的寿镜吾老先生严厉地说了这样一句话："以后要早到！"向来勤奋好学、成绩优异的鲁迅，听了没有说什么，默默地回到座位上，作为自励，就在书桌上刻了那个小小的字："早"。把一个字轻轻地刻在书桌上，实际是把一个坚定的信念深深地埋藏在内心里。从那以后，鲁迅上学就再也没有迟到过。而且时时早，事事早，奋斗了一生。

"黎明即起，孜孜为善"，的确要早。要热爱时间的清晨，要热爱生活的春天。要学梅花，作"东风第一枝"。

一九六三年一月十二日

阅读心得

作者按照浏览顺序写了他眼中的三味书屋。走进三味书屋，就好像看见了严厉负责的寿镜吾先生，面对空荡荡的桌椅，又联想到鲁迅当时学习的情景，最后引出文章的主题"早"。借用梅花来夸赞鲁迅勤学奋斗的品质，也用梅花来勉励自己事事要趁早。

写作借鉴

作者以"梅花"为暗线，以自己的脚步及游览顺序为明线，明暗线交织，条理清晰，结构完整，突出了文章的主旨。

作家、教授、师友

——深切怀念老舍先生

名师导读····

老舍，当代著名的文学家，被称为"人民艺术家"。他不仅在文学创作上有很高的成就，而且他的生活态度，也深深地影响了很多喜欢他的人。

老舍，从多年来往中我所受到的教益说，他是老师；从推心置腹、平易相处说，我们是忘年的朋友。

"九·一八"后在青岛，老舍是大学文学教授，而我是文艺学徒。我比他小六岁，在他滨海的书斋里却是常客。他那住房进门的地方，迎面是武器架，罗列着枪刀剑戟；书斋写字台上摊着《骆驼祥子》的初稿，一武一文，给我留下很深的印象。论仪态风度，老舍偏于儒雅洒脱；谈吐海阔天空，幽默寓于严肃。像相声里"解包袱"，一席话总有一两处，自然地引人会心欢笑。

就是在闲谈中，他谈到过从伦敦回国的故事。

应英国籍的燕京大学教授艾温斯聘请，老舍到伦敦大学东方语文学院讲学。在伦敦几年的积蓄，回国时路费只够坐轮船到新加坡。船到码头，他做的第一件事是访问商务印书馆分馆。劈头问门市伙计："你们这儿有《小说月报》吗？"回答说："有。"

"把最近的两期拿来。"他打开《小说月报》，指着长篇连载小说《二马》的作者说："这就是我。"作了自我介绍。接着说明了旅途情况，表示要在新加坡找工作，筹足路费回国。"我要见你们经理。"——就这样，经理介绍他到一所中学教书，半年多以后回到北京。在新加坡他写了《小坡的生日》。

在老舍，写作也就是工作。靠稿费维持简约的生活。在齐鲁大学、山东大学教书的时候，写作还是经常的。收入多了，对朋友慷慨，自奉仍然俭朴。绝不为了名利做自己不愿做的事情。记得军阀韩复榘手下的一个不学无术的家伙窃据了山东大学校长的职位，虽然老舍认识他，也算是熟人，但拒绝了那家伙送来的聘书。那时作品发表并不容易，他就宁可生活上清苦些。

对青年文艺作者，老舍很注意培养。一九三五年暑假，他同王统照一起，义务地支持几个青年办《避暑录话》，就有提携后进的意思。特别是"七·七"事变后，他不顾乘长途汽车的劳顿，慨然答应去莱阳简易乡村师范讲学，宣传抗日。像闻一多，以教授给中等学校学生上课，在那种社会里是难能可贵的。所以，一晃四十年，那时的学生到现在还无限怀念地谈到他，连他早晨很早就起来在操场打太极拳的事都还记得。

我们从莱阳分手后，不久山东沦陷，我们各自逃亡出来，一九三八年春在武汉又再见了。老舍正在冯玉祥将军那里。两个人在街上吃小馆的时候，我告诉他要到陕北去，他热情支持。但他自己却抱定无党无派，宣传抗战第一，国家至上（后来知道他写过这样剧名的剧本）。他思想进步，有正义感。一个革命团体从武汉搬到重庆去，他答应带队，帮助通过国民党反动派的重重关卡。对国民党的反动文人他曾当面痛斥："你是狗！给我滚开！"在重庆主持中华全国文艺界抗敌协会，在周总理直接关怀和帮助下，为团结和组织广大文艺工作者参加抗日宣传等方面的工作，作出了积极的贡献。我在晋东南写的《潞安风物》《沁州行》等通讯报导，就是寄给他转《抗战文艺》的。据说，《抗战文艺》每编完一期，剩下的篇幅都由老舍补满。剩多少篇幅补写多少稿件，内容恰合本期的要求。而署名照例是"总务部"。

　　一九三九年九月，老舍以"全国慰劳总会北路慰劳团"文艺界代表的名义到过延安。团长是西山会议派的老顽固张继。在大礼堂举行的欢迎会上，我的座位在慰劳团的后边五六排的地方。我没有走过去招呼老舍。当台上演出《黄河大合唱》，锣鼓铙钹齐鸣加惊天动地的呼号声，把张继吓得几乎从座位上跳起来，老舍却表现兴奋，泰然，稳稳坐着，两种反应都引起我内心的快意，一念浮起：老舍为什么同这样的家伙结伴同行呢？应当是耻与为伍才对。因此，统战部欢宴慰劳团，通知我参加，我没去。事后听说，宴会上老舍同毛主席干杯，说了这样的话："毛主席是五湖四海的酒量，我不能比；我一个人，毛主席身边是亿万人民群众啊……"我又后悔没参加那次盛会了。慰劳团离开延安后，我写信给老舍："欢迎大会上看到了你，但座近咫尺，我没打招呼；宴会我也是可以参加的。……"很快就接到他的回信，用责备的语气说："见而不谈，你真该打！"

　　一九四〇年以后，敌人对陕甘宁边区的封锁一年比一年，不，一天比一天更紧了。水泄不通。个人通信，绝不可能。不过，每次周副主席从重庆回延安，在交际处介绍外边文艺界的情况，总是谈到老舍的。具体、详细，叫人听了像见到本人。

——一九四三年，敌人造谣，说我死了，竟登报为我开追悼会。真是活见鬼！我除了在《解放日报》写了《斥无耻的追悼》而外，特别通过组织捎一封信给老舍，请他帮助辟谣。

解放战争期间，老舍杳无音信。

直到一九四九年七月，在全国第一届文代大会上，文艺界两路会师，周总理说："现在就缺我们的老朋友老舍先生一个人了。"又说："他一定会回来的。"在会场上热烈的掌声中，我才清楚地知道老舍去美国讲学了，而总理已经通过各种渠道捎信给他，邀他回国。隔年国庆，我陪东北教育学院第一期毕业生参加了盛大的天安门前游行之后，到他的住处去看他，转述了我亲自听到的总理的话。他含着激动的眼泪说："是的，是毛主席，周总理叫我回来的！我一定要……"表达了对中国共产党，对新中国的无限热爱。

此后十七年，大家都在北京，但见面的机会并不多。学习，工作，革命，建设，谁都投身于火热的斗争。老舍更以饱满的热情和不懈的精力从事新中国的文学艺术事业。他积极勤奋，不知疲倦，认真学习马列和毛主席著作，把周总理关于"活到老，学到老，改造到老"的教诲作为座右铭，严格要求自己。在党的领导下，热心参加社会活动，团结作家、画家、艺人。文艺战线的每个战壕里，几乎都有老舍的足迹和声音。创作欲望在他像喷泉。出国访问，国内参观，到农村、工厂，他都注意体验生活，搜集素材，回到家里就是写，写。每次我到他的住处去，他经常是从正房西头写作间出来，仿佛刚刚放下笔，掐灭了纸烟，而文思还在继续。有新作品出版了，他就送我一本。像话剧《龙须沟》，小说《无名高地有了名》，小品《小花朵》，我都是以先读为快的。

"人民艺术家"，"语言大师"，是老舍应有的声誉。

突然降临的内乱，把大家隔离……

一九六七年八、九月间，在沙滩无意间碰见胡絜青同志，我问她："舒先生好吗？"她突然脸色苍白，沉默一会，低声说："已经去世一年了！"像晴天霹雳，我一下被打懵了。急风暴雨，是一阵高一阵，不便多谈，絜青同志默默地走了，我也默默地回家。她的话我却无论如何不敢相信，也不愿相信。

但是——

一九六六年八月二十四日，在太平湖岸，老舍身旁的湖面上漂浮着老舍生命最后一刻还在吟咏的毛主席的诗词。

一幅悲凄的影幕在脑海里长年累月不能消失。

一九七八年六月二日

阅读心得

老舍作为"人民艺术家"，不光学识渊博，而且谈吐仪态总是十分优雅。对作者来说，老舍不仅是文学泰斗，也是他的良师益友。这篇文章就是对老舍的回忆，字里行间都能体现出作者对老舍的钦佩和怀念。作者在回忆他和老舍之间的交集时，提到了革命建设工作和他们为新中国的文学艺术事业而做出的贡献，将老舍"人民艺术家"和"语言大师"的称号解释得十分清楚，也将自己和老舍的情谊深刻地表现了出来。

写作借鉴

　　记叙文中有一种常见的手法,就是按时间顺序写作,这种手法在这篇文章中得到了很明显的体现。作者在写同老舍先生的交往过程时,便是按照时间顺序来写的,从开始的认识到七七事变,接着一九三八年,一九三九年,一九四〇年,等等,按照这样的时间顺序来进行故事的描写,可以使整篇文章的架构十分地清楚和明了,作者可以根据时间线清楚地将故事表达出来,读者在阅读时可以清楚地根据时间线来梳理故事情节。

　　同学们在写作时也可以按照时间顺序来描写自己想要表达的故事,从而将故事描述得更加地清晰,使读者十分清楚地了解一定时间段内发生的故事。作者在按时间顺序描述故事时,也可以将自己的情感更加自然和清晰地融入自己的文章之中,让文章的情感更加真切动人。

布　衣

　　你理解的布衣是什么样的？早出晚归，躬耕于南阳，还是饮酒赋诗，赏菊于南山？作者通过自身的感触，对心中的布衣给予了特别的期望。

　　李斯说："斯乃上蔡布衣，闾巷之黔首。"诸葛亮说："臣本布衣，躬耕于南阳。"李斯的话是在踌躇满志的时候说的。"置酒于家，百官长皆前为寿，门廷车骑以千数……可谓富贵极矣。"诸葛亮的话则表露了谦逊感激的心情："先帝不以臣卑鄙，猥自枉屈，三顾臣于草庐之中，咨臣以当世之事。"李白也自称："白陇西布衣，流落楚汉。"接着陈述了自己不平凡的经历，说明平日所学和交游之广，转而自诩："虽长不满七尺，而心雄万夫。"

　　三位古人所处的时代相去近千年，论业绩造诣都极不同，把他们硬拉在一起，主要是欣赏他们共同的出身是布衣。布衣，顾名思义该是说穿麻布衣服的人吧，是平民。古时候称庶民、黔首。现在读历史，布衣给人的印象是淳朴、敦厚、耿介而有操守，比锦衣要光彩得多。苏秦佩六国相印，位高金多，车骑辎重过洛阳，衣锦还乡，妻嫂不敢仰视，在当时仿佛是荣耀煊赫的，但在后世的读者看来，殊不过尔尔，并不值得羡慕。到明朝禁卫军称"锦衣卫"，那就一想到它的附势专横，就令人深恶痛绝了。而"锦衣"也就成了叫人厌弃的字样。

"古者庶人耋老而后衣丝,其余则麻枲(枲也是麻)而已"。绫罗丝绸原是老人服用的,后来却变成了富人阔人的专用品。以致旧社会不学无术的富贵子弟被称为"纨绔"。

布衣,锦衣,不是单讲服饰的事。伴之以行的还有吃饭、住房子、走路代步的问题。穿锦绣的往往食必珍馐,居必华屋,行则驷马高车;穿麻葛的只能吃粗粮,住茅屋,走路"安步以当车"。这些代表了两种不同的阶级,不同的素养和品德。

如今社会制度跟从前不同了。人人讲平等;但旧的心理、好尚、习惯势力,却根深蒂固。"人是衣裳马是鞍"成为谚语。我们革命队伍很长一个时期穿草鞋,戴斗笠成为特征;解放后因袭下来干部的服装多半是灰布或蓝布做的,男女衣裳也差别不大。国际友人乍看说单调,清一色;相处久了又学我们。作为风气,这应当就是当代的"布衣"吧。我们不反对衣冠楚楚、服饰整洁,随着性别、年龄和季节的不同也可以穿红着绿,打扮得像花枝。但布衣总比较地随意些,普通些。现在还没有人主张生活"现代化"。肥裤腿,瘦裤腿,喇叭裤,时间或长或短,在部分人中时兴过一阵,不都是像季候风一样刮过了么?老实人还是穿布衣长远。

有的同志从作地方"官"进了京,自嘲说:"车越坐越大,房子越住越小。"自然是流露了不太满足的意思。从不要求特殊一点讲,这未始不是好事。好就好在越来越接近群众,越向布衣群靠拢。有的人住房子太多,有的又住房太少,以至"三代同堂"。这种情况实在不好。

至于坐车,最不好是把车辆变成摆阔的工具。孔丘就说过:"以吾从大夫之后,不可徒行也。"就是说跟着大夫一道走,非坐车不可。"这是我的车。""你的车呢?"把公物变成了私产。甚至组织上通知一个病号参加会议,事先告诉有车接送,到时候却有人借口"不合坐小汽车的规定",使那同志错过了粉碎"四人帮"后第一次出席会议的机会。——谁的规定?

"坐小汽车,够级别吗?"小姑娘学着这样问。又是谁教的呢?工人级别凭技术,部队级别凭战功,科学家凭创造发明。同志,咱们的级别该凭什么?大家参加考核的办法是值得提倡的。当然不是恢复科举制度,一定要求人"皓首穷经",但择优录取、择优录用总是好的。再就是发扬民主,选贤与能。经理、车间主任,有的商店、工厂已经在试选了。众人是圣人,效果就是好。反正"白卷"是臭了,靠特权自封或"双突"都靠不住。你的金饭碗就能永远保证总浮在浪尖上?

封建社会的锦衣、玉衣,黄袍、红袍;还是送进博物馆或留作京剧服装吧,免得七品县令篡穿蟒袍玉带作威作福,米大的权用作万钧。

人民的国家,权属人民。地位再高,权力再大,依法超不出人民应有的一份。作人民的公仆,为人民服务,是布衣的本色。人民不需要也不欢迎官老爷。

（选自一九八〇年一月十日《人民日报》）

阅读心得

布衣的本义就是粗麻布衣,形容一个人清贫的生活状态,也可以用"布衣"表达一种生活态度。吴伯箫开篇引用多位历史功臣用"布衣"自谦的语句,这些历史功臣虽然出身"布衣",但同样可以创出丰功伟绩,作者用这些例子来劝诫当时的官员,要正确认识物质和权力的关系,保持公仆的本色,把重心放在为人民服务上。

写作借鉴

同学们在表达自己对于政治问题的看法时,可以通过对比的写法来进行描述,不宜直接将自己对于政治的态度进行叙述。可以学习吴伯箫的写作手法,借用古人之口、古人之事来表达自己对当下政治的一些看法。

天　涯

名师导读...

　　提起"天涯海角"，大家会立马想到祖国的海岛——海南岛。站在"天涯海角"，作者心中有什么特别的感受？让我们跟随作者的脚步去了解。

　　访问海南岛的农场，我们路过了"天涯海角"。

　　唐朝宰相李德裕从潮州司马再贬崖州司户，曾有《登崖州城作》："独上高楼望帝京，鸟飞犹是半年程。青山似欲留人住，百匝千遭绕郡城。""天涯海角"就属古崖州。想象里那是很遥远的地方。

　　八十年代第一春到"天涯海角"，我们是带着兴奋的心情的。

　　快步走过一段沙石路，迈下海边并不修整的石台阶，迎面是一座半圆不方的巨大青灰色岩石，像海门的天然屏风。岩石上刻着郭老的三首诗，第一首诗的开头说："海角尚非尖，天涯更有天"，概括而又明确地告诉了我们眼前的实际情况。我们来自辽阔的山河大陆，面前又是无边的碧海汪洋。哪是天涯，哪是海角呢？人，依然屹立在天地间水陆紧连的地方。一念突兀，感到时代的伟大、作人的骄傲了。论时令，正是冬季，北国飞雪纷纷，出门要戴皮帽，穿靰鞡，在屋里也要生炉子，烧火墙；这里却是炎炎的烈日当头，穿短袖衫，摇葵扇，还是汗流浃背，最好是跳进大海里游泳，冲凉。看来"小小寰球"的确嫌小了，几个小时飞机就飞过了寒温热三带，而祖国是辽阔广大的。"天涯海角"也还是被包围在我们广漠的陆海中间。

在岸上，椰林凌霄；看海里，巨浪排空。"波青湾面阔，沙白磊头圆"，又是郭老的诗写出了这一带的壮丽景色。天然啸聚在这里的磊磊奇石，像石桥，像岩丛，青黝黝，圆滚滚，熊蹲虎踞，姿态万千。有的更像金水桥边的石狮子，坐镇南天门，气势雄伟，万钧巨力也难撼摇它一根毫毛。在一尊独立的圆锥形高大的岩石上，不知什么年代刻有"南天一柱"四个遒劲大字，看上去真有点像独支苍穹的样子。想到共工氏"怒而触不周之山，天柱折，地维绝"的远古年代，"女娲炼五色石以补苍天，断鳌足以立四极"，这可就是那时的遗物么？不禁令人追慕宇宙洪荒世纪，原始巨人开天辟地业绩的宏伟了。

旅伴告诉我当地传说的一个神话故事：很久以前，从南来的贼船，抢掠渔民，霸占了停在海湾的渔船，欺压得渔民无家可归。忽然一只神鹰，在高高的天空，展开云幕一样的翅膀，撒下一阵巨大的圆石，把贼船砸个粉碎，挽救了渔民。那些圆石就至今散乱地留在海湾的沙滩上，成为千年万年惩罚侵扰渔民的贼船的见证。

《崖州志》记载：清朝雍正年间知州程哲在海湾一块巨石上面写了"天涯"两字。"天涯"两字我看到了。上下款也刻了"雍正""程哲"的字样。但是心里想：雍正年间离现在才二百五十来年，恐怕不是"天涯"命名的开始吧。就书法说，程哲的字笔力也太弱了，跟巨石比起来显得太小，跟海天的气势更不相称。站在退浪的平沙上，趁一时兴奋，不自量力，弯下腰去，伸出右臂,用手作笔奋力在沙上也画了"天涯"两字。像做了一番不朽的事业,自我欣赏。字画在沙上,豪情刻在心里。不想字刚画好,一层海浪滚来把沙上的字抹掉了。激浪冲沙,洗刷得很彻底,"天涯"已了无痕迹。——这时涛声杂着笑声,一齐袭来。抬头寻笑声看去,是十多个男女青年海军把自己围上了。个个伸出大拇指,连声叫"好!"原来他们正在赞赏沙上篆刻、五指书法呢。大家一一握手。谈起来知道他们都是上海初中毕业生,去年入伍,驻地不远,是趁星期天到"天涯海角"来逛逛的。谈得投机,兴致都来了,邂逅相遇,立刻成了忘年交。看他们朝气潮涌,英姿焕发,不禁还伸了拇指,回敬他们以祖国南大门的卫士,真正的当代神鹰。

在旁边亲眼看到这一幕热闹场面的另一位旅伴,一时心热起来,便即席赠诗,诗的中间四句是:"手书'天涯'沙滩上,大海惊喜急收藏;后人到此不见字,但闻涛声情意长。"表达了大家的欢快情怀。

字画在沙上,只能是海市蜃楼的倒影,是会瞬息即逝的。还是学自己喜爱的德意志诗人亨利希·海涅吧。他在《宣言》里抒写:

> 我用有力的手臂从挪威的森林里
>
> 拔下那最高的枞树,
>
> 深深地把它浸入
>
> 爱特纳炽热的喷火口,
>
> 然后,用蘸着烈火的巨笔
>
> 我写在黑暗的天上……

就地取材，用海南岛上高耸挺拔的王棕作笔蘸火，我要写的将不是"天涯"，而是洋溢在内心里的真实的颂歌。从此，在天上闪耀着那燃烧的永不消灭的火字，而所有旅居异乡的游客和最远的一代代的子孙，都将欢呼地读着那天上的颂歌。颂歌的最强音，燃烧得最红的火字是："可爱的祖国！"

贪着畅怀遐想，海滩再里边另一尊岩石上还写着"海角"两字，我却失掉了欣赏的机会。归途被旅伴讥笑说："不远万里来海南岛，却只看了'天涯'，而没看到'海角'。"自己也真感到有些愧悔。幸而在海边跟旅伴一道奔驰游赏的时候，争着拾得了一些贝壳、海石花和玲珑透剔的上水石。带回首都，凭回忆和想象我要精心设计一盆盆景，放在座前案头，天天纵怀神游。盆景题目一定写全称："天涯海角"。

（选自一九八〇年三月二十一日《人民日报》）

阅读心得

本文是一篇很经典的游记。作者从刚开始兴奋地来到天涯海角写起，看到天涯海角中的景象，继而联想到天涯海角的历史和神话故事，大量的联想和用典使古往今来的天涯海角在文中都得到了体现。读来内容丰富，趣味横生。

写作借鉴

同学们可以学习作者用典的写作手法，将各种历史或神话故事融入自己的文章之中。大家平时可以多积累这一类的素材，在写作时将它们融入自己的文章里，将会使文章更加生动精彩。

⭐ 读后感 ⭐

　　吴伯箫的散文创作从 1926 年开始直至 1982 年,时间跨度大,涵盖了我国多个特殊的历史时期,所以他的散文具有独特的时代风格。

　　首先在选材上,前期多取自我们生活中最为平常的事物。像这部作品选中的《灯笼》《山屋》《天冬草》等,他总是能用独特的视角,发掘出平常的事物中不平凡的意义,带给读者独特的情感体验。来到延安之后,由于生活环境的改变,他的选材也发生了变化。从抗战的酝酿、抗战初期的游击战争、抗战中后期的敌后战争,一直到抗战后方的大生产运动,他的选材都在伴随着时代背景与个人经历的变化而变化,这使得他的作品具有深刻的革命意义与时代烙印,让读者能够领略与众不同的时代故事。

　　除了选材之外,吴伯箫的写作手法有很多亮点。吴伯箫独特的写作手法来自他对社会生活的深刻观察,他写出的作品都是自然情感的真情流露。在叙述时,他总是会用逼真生动的语言对他经历的事情进行描述,永远不会让人觉得枯燥。在叙述的过程中,能够深入地分析事物,抓住本质,在叙述中穿插自己的感受,做到抒情、叙述和议论相结合,让文字如同涓涓细流,传达给读者最真挚的感情。

　　总之,吴伯箫的散文体现了他鲜明的艺术特点和风格,具有独一无二的时代烙印,读后使人回味无穷。这是他在思想和文学道路上几十春秋的不断摸索中得出来的成果,是思想和艺术的高度统一,值得我们大家用心品读。

✦ 真题演练 ✦

一、选择题

1. 下列对《灯笼》这篇文章内容理解有误的一项是（　　）。

A. 作者在行文过程中引用了许多典故，这些典故的运用使得文章优美雅致。

B. 本文笔调闲适，情感真挚，意趣优雅，语言活泼。

C. 作者在文章最后，通过列举历史上保家卫国的名将，表达了自己要做"灯笼下的马前卒"的誓愿。

D. 作者以散文的自由笔法，抒写了他关于灯笼的一些记忆，从容优雅地记录着岁月的沧桑，表达了自己对灯笼的喜爱。

2. 下列对文学常识的表述，不正确的一项是（　　）。

A.《鲁提辖拳打镇关西》节选自《水浒传》，作者施耐庵。

B.《关雎》和《蒹葭》两首诗都选自《诗经》。

C.《啼晓鸡》是著名的散文家、教育学家吴伯箫所著的一篇散文。

D.《破阵子·为陈同甫赋壮词以寄之》选自《稼轩长短句》，作者苏轼。

3. 下列判断有误的一项是（　　）。

A. 莎士比亚是英国杰出的戏剧家和诗人。《威尼斯商人》是莎士比亚的著名喜剧。

B. 在中国文学史上的"唐宋八大家"中，并没有苏氏三父子，他们是父亲苏洵，儿子苏轼和苏辙。

C.《木兰诗》是我国南北朝时期北方的一首乐府民歌，它叙述了木兰女扮男装、代父从军、建功立业、辞官还乡的故事。

D. 吴伯箫的散文不论是怀念延安生活，还是倾诉对社会主义的热爱，都宣扬了继承革命传统，催人积极向上的主题。

十万火急的羽文,古时候有驿马飞递;探马报道,寥寥四个字里,活活绘出了一片马蹄声中那营帐里的忙乱与紧急,百万军中,出生入死,不也是凭了征马战马才能斩将搴旗的么?飞将在时,阴山以里就没有胡儿了。

落日照大旗,马鸣风萧萧。

文中的"落日照大旗,马鸣风萧萧"出自杜甫的《后出塞》,表现了一种飒然慷慨的雄风。这种意境和结尾时的"真是,说句儿女情肠的话,我有点儿想家"一句中所表现出来的柔情是否相矛盾?为什么?

答案

一、选择题

1.D   2.D   3.B

二、材料题

不矛盾。文中后半部分写了历史上名人名马的典故,展开了对马的想象,表现了一种宏阔激荡的心胸。作者引用这句话,是对上文的总结。正是作者童年时在故乡与马有关的生活经历,养成了对马的特殊情感和开阔的心胸。慷慨之气和脉脉的柔情,刚柔相济,表现了一种特殊的美感。